I0590916

GEPAART MIT DEN BERSERKERN

EINE GESTALTWANDLER-
DREIECKSROMANZE

LEE SAVINO

KOSTENLOSES BUCH

Hol dir ein kostenloses Exemplar von Gezeugt von den Berserkern und Eine Berserker-Geburt, indem du dich für meinen Newsletter anmeldest.

Der dritte Teil von Daegans, Brennas und Samuels Geschichte. Lies den ersten Teil in Verkauft an die Berserker *und den zweiten in* Gepaart mit den Berserkern. *Diese Novelle ist kostenlos, ein Geschenk.*

https://BookHip.com/PKRMGC

GEPAART MIT DEN BERSERKERN

Ein Highlander und ein Wikinger erheben Anspruch auf ihre Frau ...

Über hundert Jahre lang haben die Berserker-Krieger für Könige gekämpft und getötet. Es gibt nur einen Feind, den wir nicht besiegen können: die Bestie in uns.

Eine Hexe hat uns von jemandem erzählt, der uns retten kann – eine Frau mit Wolfsmalen. Wir haben sie gefunden und Anspruch auf sie erhoben. Aber wird sie uns als Gefährten annehmen? Kann sie unser wildes Wesen zähmen, bevor es zu spät ist?

Der Hochland-Werwolf Daegan hätte nie damit gerechnet, den Fluch seiner Blutlinie zu besiegen. Aber als eine Prophezeiung eine Frau erwähnt, die das Heilmittel für seinen Berserker-Blutrausch besitzt, machen er und sein Wikinger-Kriegerbruder vor nichts Halt, um sich ihrer zu bemächtigen. Sie holen sie in ihr Zuhause in den Bergen und bilden sie nach den Regeln des Rudels aus. Aber wird ihre Macht reichen, um den Berserker-Fluch zu brechen?

1

___

Der Bock graste am Rand des Baches im Wald. Im gekräuselten Wasser spiegelte sich die Krone seines stolzen Geweihs. In den Schatten verborgen beobachtete ich ihn. Ich war dem Bock meilenweit gefolgt, hatte die Muskeln gelockert, die Jagd genossen und konnte meine Beute fast schon schmecken. Ein echter Wolf wäre nicht in der Lage, ein so großes Tier ohne sein Rudel zu reißen. Ein Mann konnte einen Bock mit Pfeil und Bogen erlegen und ihn mühsam zu sich nach Hause schleppen. Ich jedoch war weder ein Mensch noch ein wahrer Wolf.

Der Wind drehte sich und trug mir eine Fülle von Gerüchen zu. Unter der üblichen Mischung nahm ich etwas Saures wahr, einen anderen Wolf, allerdings keinen, der mir bekannt vorkam. Ich kannte die Gerüche meines Rudels. Dieser Wolf war ein Eindringling.

Der Wind drehte sich, und der Bock graste näher bei meinem Versteck. Mein Wolf vergaß den beunruhigenden Geruch und richtete das Augenmerk ganz auf die Beute, die sich gleich auf der anderen Seite des Baches befand.

Ich verwandelte mich. Im einen Moment spiegelte sich im Wasser unter mir noch ein Mann mit harten Muskeln und dunklem Haar. Dann fuhr ein widernatürlicher Windstoß durch die Blätter, und an der Stelle des Mannes stand ein großer schwarzer Wolf.

Der Bock hob angesichts des fremdartigen Anflugs von Magie den Kopf. Er witterte den Geruch des Wolfs, zu dem ich geworden war, und ergriff die Flucht.

Es wurde eine kurze Hetzjagd.

Danach leckte ich mir das Blut von den Pfoten und verspürte Widerwillen bei der Vorstellung, mich zurückzuverwandeln. Menschen waren langsam, dumm und an Regeln gebunden. Sie konnten nicht mal die Fülle der Farben riechen, die den Wald ausmachten. Stattdessen zogen sie es vor, alles mit Feuer zu zerstören und in miefenden Hütten im Schlamm zu leben.

Nahm man die Welt nicht als Wolf so viel schöner wahr?

Aber unter dem schlichten Bewusstsein eines Tiers lauerte eine dunklere Bestie. Sogar in diesem Augenblick, während ich den Geschmack von Blut im Mund hatte, kämpfte die von Raserei erfüllte Kreatur um die Vorherrschaft. Ich setzte mich dagegen zur Wehr, schüttelte den Wolfskopf, als würde ich von lästigen Fliegen gepiesackt. Mein panischer innerer Kampf führte mich zum Bach, wo ich beobachtete, wie meine Wolfszüge wuchsen und sich in etwas Bizarres verwandelten ...

Meine feine Nase fing einen leichten Geruch auf, der von dem Berg herabwehte, den mein Rudel als Zuhause betrachtete. Der Geruch verriet mir, dass dort eine Frau lebte. Nicht bloß irgendeine Frau. *Unsere* Frau.

Unsere Gefährtin.

Die Bestie zog sich zurück. Die Vernunft erstarkte wieder.

Ich genoss den Geruch der Frau – leicht, kühl, duftend und perfekt zwischen dem verschwitzten Gestank der Krieger. Sie wartete.

Nach einem weiteren Atemzug ihres sinnlichen Dufts verwandelte ich mich zurück. Pfoten wurden zu Händen, Fell wurde zu Haar, und die Mordlust der Bestie versiegte, als hätte es sie nie gegeben.

Ich rannte den gesamten Weg nach Hause und trug dabei den Bock.

Am Ende des Gebirgspfads hielt ein hünenhafter Krieger Wache und schärfte seine Axt. Wulfgar war schon ein todbringender Krieger gewesen, bevor er Berserker geworden war. Beim Anblick des frischen Fleisches hellten sich seine kantigen Züge auf.

Ich hievte den Rehbock vor seine Füße.

»Gute Jagd?« Der riesige Krieger schnupperte genüsslich.

Ich grunzte. Nach einer Zeit als Wolf dauerte es immer eine Weile, bis sich das Sprechvermögen wiedereinstellte.

Wulfgar rief einem anderen Wolf eine Anweisung zu. »Brate die köstlichsten Stücke über dem Feuer für die Frau des Alphas. Gib den Rest dem Rudel.«

Ich nickte Wulfgar zum Dank zu, und ein kleinerer, rothaariger Wolf kam herbei, um den Kadaver zu holen.

»Beta.« Beide nickten mir anerkennend zu und achteten darauf, mir aus Achtung vor meinem Rang nicht in die Augen zu sehen. Obwohl Wulfgar einen ganzen Köpf höher aufragte als ich, war ich etwas dominanter, und sei es nur wegen meiner Verbindung mit Samuel, dem Alpha.

Eine Brise wehte über den Berghang, verwirbelte den Rauch des Feuers und trug mir das süße Aroma von Frau zu.

Ich verließ das Feuer und betrat die Höhle, folgte dem

Steingang zu der Unterkunft, die ich mir mit Samuel teilte ... und mit *ihr*.

Je weiter ich dem Gang folgte, desto stärker wurde der süße Geruch. Am Eingang zu unseren Kammern hielt ich inne. Drinnen lümmelte Samuel in Wolfsgestalt mit gelbbraunen Schlieren im grauen Fell.

Ich nickte ihm zu und begab mich geradewegs zu der von Pelzen bedeckten Liegestatt, die wir als Bett benutzten, um einen Blick auf die dunkelhaarige, in Felle gehüllte Frau zu werfen.

Sie schläft noch, ließ mich Samuel über unsere Verbindung wissen.

Wir sollten wohl besser aufhören, sie so auszulaugen. Ich grinste ihn an.

Beinah lächelte er. Samuel war schon so lange ein Berserker und hatte fast ein Jahrhundert halb wahnsinnig vor Magie verbracht. Ich hatte als Anker gedient, der ihn auf der Welt verwurzelt und verhindert hatte, dass ein Blutrausch seinen Geist vergewaltigen konnte. Wir hatten zusammen gegen Samuels Bestie gekämpft und nah und fern nach der Frau gesucht, die ihn laut der Hexe retten würde – einer Frau mit Malen von einem Wolf.

Bronna.

Ein tiefer Atemzug, und ihr Duft füllte meine Lunge aus. Der Wolf verstummte. Ich hatte gar nicht bemerkt, wie rastlos er gewesen war, bis ich sie sah und er sich entspannte. Sie roch nach Moos, Kiefern und den sicheren, geheimen Plätzen im Wald.

Kein Wunder, dass sich unserer großer Alpha in Wolfsgestalt zu ihren Füßen aalte und ihm die Zunge wie einem Welpen aus dem Maul baumelte. Nach Jahrhunderten des Kampfes hatten wir endlich ein Zuhause gefunden.

Als ich dazu ansetzte, es mir neben ihr auf der Liegestatt

gemütlich zu machen, ließ Samuel ein leises Knurren vernehmen.

Ich werde sie nicht wecken, übermittelte ich ihm über die Verbindung. *Noch nicht. Ich will nur dicht bei ihr liegen.*

Ich wartete auf sein Nicken, bevor ich mich auf den Fellen ausstreckte und um sie legte.

Nach einigen Herzschlägen rückte ich langsam näher und vergrub das Gesicht in der Fülle ihres dunklen Haars.

Sie rührte sich.

Ich krümmte den Körper um sie, ließ ihre Wärme in mich sickern und genoss die weichen Kurven ihres Körpers.

Neben der Liegestatt beobachtete uns Samuel nach wie vor in Wolfsgestalt, glücklich hechelnd.

Meine Hand schob sich zwischen die Felle und legte sich auf ihren Busen. Als ich mit der weichen Erhebung spielte, konnte ich fühlen, wie sich der Nippel erhärtete und der Körper zum Leben erwachte. Ich sehnte mich danach, ihr leises Seufzen der Erregung zu hören. Wenige Augenblicke später wurde ich mit genau diesem lieblichen Laut belohnt.

Wir beließen unsere Geliebte die meiste Zeit nackt. Zwar hatten wir sie mit einigen Kleidern und Umhängen ausgestattet, doch überwiegend hielten wir in der Kammer ständig die Kohlenbecken am Brennen. Samuel und ich waren ständig auf der Hut, um unsere Frau vor allen anderen zu beschützen. Nicht einmal unserem Rudel, unseren Kriegerbrüdern, konnte man trauen. Brennas Duft glich dem Ruf einer Sirene – zu unwiderstehlich, zu süß. Wir behielten sie in der Sicherheit dieser Kammer, versteckt vor der Welt draußen.

Ich schloss die Augen und atmete tief ein, gab dem Wolf, was er begehrte, füllte mir die Lunge mit ihrer Essenz.

Mein gesamter Körper pochte vor Verlangen.

»Brenna«, hauchte ich auf ihr Genick.

Als sie seufzte, heftete alles in mir die Aufmerksamkeit geballt auf jenes leise Geräusch. Ihr Kopf neigte sich, ihr Haar glitt von ihrem Hals, wodurch die spinnwebartigen Narben daran zum Vorschein kamen – Narben, die Zeugnis von der brutalen Wunde ablegten, die sie als Kind erlitten hatte. Der Angriff damals hatte ihr die Stimme geraubt. Es kam einem Wunder gleich, dass sie dabei nicht umgekommen war, doch sie hatte überlebt.

Nun gehörte sie uns.

Brenna bewegte sich an mir, und mein Körper reagierte darauf, erwachte zum Leben. Das Blut schoss mir in die Lenden. Ich grunzte leise, als ich einen Arm unter sie schob und den Griff um sie verstärkte, sie an meine Brust zog.

Für menschliche Begriffe war sie keine kleine Frau, doch im Vergleich zu uns war sie zierlich und vollkommen. Ihre weichen Rundungen machten sie umso einladender.

Ihr Hinterteil streifte mein Gemächt, und ich stöhnte in ihr Haar.

Daegan, schalt mich Samuel über die Verbindung. *Du hast sie geweckt.*

»Ging nicht anders«, sprach ich laut aus. »So eine wunderschöne Versuchung.«

Meine Hand fing an, erst ihre weiche Brust zu erkunden, dann den glatten Verlauf ihres Bauchs, der in die sanft ausladenden Hüften überging.

»Wach auf, Liebes«, gurrte ich ihr ins Ohr, während meine Finger unterhalb ihres Bauchs an ihr spielten. »Ich werde dafür sorgen, dass du es nicht bereust.«

Flatternd öffneten sich ihre Lider.

Nicht zum ersten Mal wünschte ich, unsere Geliebte könnte sprechen. Durch die Narben am Hals war sie stumm geworden. Wenngleich sie nie Mühe hatte, ihre Gefühle mitzuteilen, hätte ich alles dafür gegeben, sie meinen Namen aussprechen zu hören.

Meine Finger suchten nach der süßen, feuchten Stelle zwischen ihren Schenkeln und arbeiteten daran, ihr ein Japsen zu entlocken. Ich lächelte, als ich es zwischen ihren Lippen hervordringen hörte.

Sie seufzte erneut, und ich fragte mich, wie wach sie wohl war. Dann wackelte sie mit dem Hintern an meinem Schritt. Ein Grübchen erschien in ihrer Wange, als sie lächelte, und da wusste ich, sie *war* wach.

»Garstiges Mädchen«, schalt ich sie verspielt. »Machst mich unnötig scharf auf dich.« Ich stützte mich über ihr auf einen Ellbogen. »Weißt du nicht, dass du so schon Versuchung genug bist?«

Sie legte sich auf den Rücken und blinzelte mich mit einem sinnlichen Blick ihrer verschlafenen Augen an.

Da hielt ich es nicht länger aus: Ich beugte mich zu ihr hinab und forderte ihren Mund. Meine Finger tauchten wirbelnd zwischen ihre Beine, brachten ihre Hüften zum Tanzen.

Magie pulsierte durch die Kammer, als Samuel die Verwandlung vom Wolf zum Mann vollzog. Er nahm seinen Platz dicht bei uns ein.

Ich bewegte mich über Brenna, küsste mir einen Weg über ihren Hals und ihre Brüste nach unten und hörte nicht auf, bevor ich die geheiligte Stelle zwischen ihren Beinen schmeckte.

Sie spannte zwar den Körper an, ließ die Schenkel jedoch gespreizt, während ich genüsslich ihre rosa Scham leckte und sie sich ekstatisch unter meiner Zunge wand.

An ihrem Kopf eroberte Samuel den Mund unserer Geliebten. Gleichzeitig legte er die Hand auf ihren Busen. Mit Fingern, Lippen und Zungen bearbeiteten wir den

Körper unserer Holden, bis er zwischen uns vibrierte wie die Saite einer Laute, zum Zerreißen gespannt. Samuel ließ von ihrem Mund ab und knabberte an ihrem Ohrläppchen, während ich mich den tieferen Gefilden widmete. Ihrem wilden Keuchen und den zuckenden Krümmungen ihres Körpers nach wandelte sie hart am Rand des Höhepunkts der Ekstase. Wir legten uns beide ins Zeug, bis sie den Gipfel erklomm und sich in Verzückung auflöste.

Als sie japsend nach Luft schnappte, wechselten Samuel und ich einen grinsenden Blick.

»Wunderschön«, sprach er laut aus, damit Brenna es hören konnte.

»Aye.« Ich schmiegte mich mit dem Gesicht an die Innenseite ihres Schenkels.

Nach einer Minute blinzelte sie und hob den Kopf. Wortlos tauschten Samuel und ich die Plätze. Er zog sie auf die Hände und Knie, bevor er hinter ihr in Stellung ging. Gehorsam setzte sie sich in Bewegung, als er ihre Hüften nach oben zog und dann nach unten fasste, um ihre Schamlippen zu streicheln.

Ich führte indes den Kopf meiner Geliebten zu meinem sehnsüchtigen Prügel. Sie gehorchte meinem stummen Befehl und nahm ihn so tief auf, dass meine Knie um ein Haar unter mir eingeknickt wären.

»Oh mein Mädchen ...« Meine Hand streichelte ihre Wange.

Samuel packte ihre Hüften, und ich hielt Brennas Gesicht fest, bereitete sie auf seinen Stoß vor. Sie schnappte nach Luft, als er in sie brandete. Die Kraft seiner Bewegung trieb sie vorwärts gegen mein eigenes Gemächt, und einen Moment lang stieß ich in ihre Kehle vor. Der Druck verschlug mir den Atem.

Die Verbindung zwischen dem Alpha und mir vibrierte

harmonisch, während wir den Körper unserer Geliebten zwischen uns vor und zurück wiegten. Behutsam nahm ich ihr Gesicht in die Hände, als sie zwischen uns wogte.

Samuel fasste erneut nach unten und streichelte sie zu einem weiteren Orgasmus. Ihr Keuchen drang um meine Härte hervor, und ich kam mit einem Fluch, die Faust in ihr dunkles Haar gekrallt.

Genuss strömte durch die Verbindung zwischen uns, und Samuels Augen wurden glasig vor Lust. Seine Eckzähne blitzten auf, als er auf dem schmalen Grat zwischen Mensch und geistlosem Tier wandelte.

Auf Samuels Zeichen hin zog ich mich flutschend aus dem Mund unserer Geliebten zurück. Der riesige blonde Krieger kniete nackt hinter unserer Frau. Das goldene Haar hing ihm um die Schultern. Er strich mit einer Hand über Brennas Rücken hinab, stützte sie, bereitete sie für eine kräftige Rammelei vor.

Mit einem Knurren stieß er vorwärts. Seine Hüften schlugen mit einem in der Höhle widerhallenden Klatschen gegen ihren Hintern. Während Samuel den heftigen Takt aufrechterhielt, krallte Brenna die Fäuste in die Felle, und der Atem rasselte stoßweise aus ihrem beeinträchtigten Hals.

»Komm.« Samuel betonte den Befehl, indem er seitlich gegen ihren hochgestreckten Hintern klatschte. Brennas Augen rollten nach oben, als sie zuckend gehorchte.

Samuel erschauderte über ihr. Seine großen Hände hielten ihre Hüften fest, als er tief in ihr kam. Kaum hatte er sich aus ihr zurückgezogen, packte er eine Handvoll ihres Haars und führte ihren Kopf zu seiner Männlichkeit, gab ihr zu verstehen, dass er von ihrem Mund gesäubert werden wollte. Als ich beobachtete, wie sie unterwürfig leckte, wurde mein eigener Prügel wieder hart. Die Bestie in uns begehrte die Herrschaft über unsere Geliebte, verlangte ihre süße Unterwerfung. Und sie wollte sich damit nicht begnügen ...

Ich würgte den Gedankengang ab, ließ mich neben Brenna auf die Seite plumpsen, spielte mit ihren baumelnden Brüsten und bewunderte die herrliche Rötung ihrer Haut.

»Liebliches, liebliches Mädchen«, sagte ich zu ihr und murmelte Worte, von denen ich wünschte, sie wären wahr. »Du warst für uns bestimmt.«

VIEL SPÄTER WACHTE ich über unsere Geliebte, während Samuel gegangen war. Ich beobachtete sie beim Schlafen, betrachtete ihr rabenschwarzes Haar und ihre Wangen, die fahl wie Mondlicht schimmerten.

Mein, raunte der Wolf, und ich wollte ihm zustimmen. Sie gehörte auf jede Weise uns, die wir beeinflussen konnten. Wir hatten sie vor einigen Monden von ihrer Familie gekauft und behielten sie in unserem Bau, abseits des Rudels. Sie schien uns zu akzeptieren. Wir brachten ihr Neuigkeiten über ihre verbliebene Familie – ihren drei Schwestern ging es im Dorf blendend. Vor zwei Monaten war ihre Mutter gestorben – auch diese Kunde hatten wir Brenna überbracht. Samuel fragte sie dabei, ob sie das Grab besuchen wollte, und sie schüttelte verneinend den Kopf.

Sie hatte ihr altes Leben für uns hinter sich gelassen. Und jedes Mal, wenn wir sie beanspruchten, fühlte es sich für uns wie eine Heimkehr an. Aber gehörte sie wirklich hierher?

Sie ist unser. Samuel spürte meine Unsicherheit und meldete sich über unsere Verbindung zu Wort.

Solange wir sie behalten, erinnerte ich ihn.

Warum sollten wir sie je gehen lassen?

Ich übermittelte ihm die Erinnerung an meine Jagd auf den Bock von vorhin. *Es ist wieder passiert. Ich hätte um ein Haar die Herrschaft über die Bestie verloren.*

Stille. Samuel wollte nicht wahrhaben, dass passieren könnte, was wir am meisten fürchteten – dass die von Brenna gebändigte Bestie wieder toben könnte.

Die Raserei der Berserker auf dem Schlachtfeld galt als legendär. Viele Könige nutzten sie, um Macht zu erlangen. In Friedenszeiten verging sich die Bestie nach Blutvergießen. Mit der Magie, die uns zu Wölfen machte, ging ein Makel einher, der uns in den Wahnsinn treiben würde. Das war der Preis unserer großen Macht.

Brenna wusste von all dem nichts. Sie wusste nicht, dass schon mehrere Mitglieder des Rudels der Bestie erlegen und ihrem Schicksal begegnet waren. Wenn ihnen die Bestie den Verstand raubte, wartete Samuel bereits. Schon mehr als ein paar waren an gebrochenem Genick gestorben, ehe ihr Körper vom tobenden Alpha vom Berg geworfen wurde. Nicht, weil er die Herrschaft über sich verloren hatte, sondern sie über sich. Samuel schützte das Rudel sogar vor seinen eigenen Mitgliedern. Allerdings konnte er nicht viel tun, um zu verhindern, dass der Makel um sich griff. Wir waren Krieger mit der Erfahrung zahlreicher Schlachten, doch den Krieg um unseren Verstand konnten wir nicht gewinnen. Bevor wir uns an die Hexe gewandt und Brenna gefunden hatten, waren wir am Verlieren gewesen.

Ich erinnerte mich an die Nächte, in denen die Bestie heulend nach Blut verlangte …

Erzähl mir, was sich zugetragen hat, forderte mich Samuel schließlich auf. *Wie hast du die Kontrolle zurückerlangt?*

Ich habe den Geruch unserer Geliebten aufgeschnappt.

Wie es die Runen vorhergesagt haben. Sie besänftigt die Bestie.

Ich streckte die Hand aus und fuhr mit einem Finger über die glatte Wange unserer Geliebten. Ihre Haut war so weich und duftete so süß. In dieser Nacht roch sie nach Mondlicht auf Schnee, nach in der Erde verwahrten Geheimnissen ... und nach Dingen, für die Menschen keine Worte kannten, Dingen, die nur ein Wolf verstehen konnte.

Meine Hand schloss sich um ihren Hals. Ihr Puls pochte an meiner Haut.

Sowohl Samuel als auch ich fürchteten den Tag, an dem sie aufwachen und entdecken würde, wer wir in Wirklichkeit waren. Nicht nur Werwölfe, sondern auch Berserker, verflucht von verseuchter Magie. Wir hatten zu Brenna gesagt, sie sollte sich nicht vor dem Wolf fürchten, aber noch nie erwähnt, was sie stattdessen fürchten sollte: die Bestie.

In Wolfsgestalt hatte sie uns schon gesehen, die Bestie allerdings kannte sie noch nicht. Nicht einmal annähernd.

Ahnte sie, was für ein Monster in unserem Geist lauerte, wenn wir sie hart, schnell und gedankenlos nahmen? Spürte sie, wie sehr die Bestie sie verletzen wollte?

Meine Finger schlossen sich um ihre Kehle. Einmal hätte ich um ein Haar die Kontrolle verloren. Das durfte nicht erneut passieren.

Wir können die Bestie nicht länger vor ihr verbergen, hallten Samuels Gedanken über die Verbindung. Schuldbewusst riss ich die Hand von Brenna zurück. *Sie wird ihr auf die eine oder andere Weise begegnen.*

Nein, das ist zu gefährlich. Das war der Grund, warum wir Jahrhunderte allein verbracht haben.

Wenn sie unsere Gefährtin sein soll, muss sie das Rudel und unsere Lebensweise kennenlernen. Wir können sie nicht ewig in der Höhle behalten.

Aber ... Ich hatte Mühe, meine Gefühle in Worte zu fassen. *Was, wenn sie die Bestie kennenlernt und uns dann nicht mehr lieben kann?*

Kann sie uns denn wahrhaftig lieben, wenn sie nicht wirklich weiß, was wir sind?

Die Bestie liebt nicht. Sie wird versuchen, sie zu vernichten.

Ich hielt den Atem an, bis Samuel antwortete: *Beten wir, dass sie damit keinen Erfolg hat.*

2

Rastlos ließ ich Brenna alleine schlafen und begab mich auf die Suche nach Essen. Am Eingang der Höhle stehend blinzelte ich im Sonnenschein. Wulfgar kauerte in Menschengestalt neben dem Feuer und briet das Fleisch.

»Was gibt es Neues?«, erkundigte ich mich.

»Das Rote Rudel hat eine Botschaft geschickt. Übernächsten Vollmond findet eine Versammlung zum Thing statt. Man verlangt nach unserem Gesandten.«

Ich runzelte die Stirn. »Merkwürdiges Gesuch.« Es gab nicht viele Wolfsrudel auf der Insel, und jenes, das sich uns am nächsten befand, das Rudel des Roten Monds, betrachtete uns als Todfeinde. Beim letzten Mal, als einer unseres Rudels mit ihnen zusammenstieß, wurde er verprügelt und wäre wohl gestorben, wenn Samuel nicht rechtzeitig aufgetaucht wäre.

Das war das zweite Mal, dass mir mein Alpha das Leben gerettet hatte.

Wulfgar brummte. Er wusste, dass uns das Rote Rudel

hasste. »Jäger kommen immer näher, und sie wollen etwas dagegen unternehmen.«

»Das heißt, sie wollen, dass *wir* etwas dagegen unternehmen«, stellte ich richtig. »Na schön. Gib Bescheid, dass ich teilnehmen werde.«

Ich witterte sein Zögern. »Sie wollen Samuel.«

»Sie bekommen mich«, erwiderte ich mit knurrendem Unterton. Diesmal würde mich mein altes Rudel nicht so einfach überwältigen.

Wulfgar neigte das Haupt.

»Außerdem«, fügte ich unbeschwerter hinzu, »hat man mich nicht umsonst Daegan Silberzunge genannt.« Ich war geschickter in den Feinheiten der Politik als unser starker Alpha. Abgesehen davon musste jemand bei Brenna auf dem Berg bleiben. Sie verkörperte ein Geheimnis, das zu offenbaren wir uns nicht leisten konnten.

Wulfgars Haupt neigte sich tiefer. Obwohl er einen Kopf größer als ich und jedes andere Mitglied des Rudels war, nahm er aus Respekt vor meiner Dominanz eine unterwürfige Haltung ein.

Wir warteten, während das Fleisch zu Ende garte. Die meisten Wölfe fraßen ihren Fang roh, doch das Braten befriedigte unsere menschliche Seite und half dabei, uns wieder zivilisiert zu fühlen. Außerdem mussten wir das Fleisch für Brenna zubereiten.

Berserker lümmelten auf der Lichtung herum, einige als Wölfe, andere in Kriegergestalt. Seit Brennas Ankunft war das Rudel gesünder. Die Blutgier hielt sich in Grenzen. Der Frieden, der von unserer Geliebten in Samuel und mich floss, erreichte das Rudel über die Verbindung mit dem Alpha.

Ich betete, dass der Frieden anhalten würde. In den vergangenen Tagen war die Bestie rastlos geworden. Ein falsches Wort, eine falsche Bewegung, und sie könnte ausbrechen. Dann könnte sich alles ereignen, wovor uns graute. Die Bestie liebte es, Schönes zu zerstören.

Um meine Angst zu verdrängen, wandte ich die Gedanken Brenna zu. Allein dadurch, dass ich sie vor meinem geistigen Auge sah – ihre makellose Haut, ihre verführerischen Kurven, ihr glänzendes, über die Felle ausgebreitetes Haar –, regte sich mein Körper. Ich könnte mich Tag und Nacht an ihr laben und würde doch nie genug von ihr bekommen.

Beinah konnte ich trotz des Rauchs und Feuers ihren vollkommenen Duft riechen. Ich schloss die Lider halb und atmete ein.

Jäh riss ich die Augen auf, als mir klar wurde, dass ich mir ihren Geruch nicht bloß einbildete. Meine Geliebte stand am Eingang der Höhle, barfuß und in ein schlichtes Gewand gekleidet, das wir ihr gegeben hatten.

Ihre Augen weiteten sich, als sie die felsige Lichtung mit all den Kriegern und Wölfen betrachtete.

»Brenna«, fauchte ich und erhob mich. Jeder Wolf auf der Lichtung schwenkte den Kopf in ihre Richtung. Aus den Gesichtern sprach eine gefährliche Empfindung: Verlangen.

Brenna spürte es. Und prompt tat sie das Schlimmste, was sie tun konnte: Sie bewegte sich einen Schritt zurück. Weicht man zurück, weiß ein Wolf instinktiv, dass man schwach ist.

Ich setzte mich über die Lichtung in Bewegung, doch ein junger, rothaariger Krieger kam mir zuvor und stürmte auf sie zu. Fergus war der Kleinste von uns, doch er besaß die Kraft, einen Bock seiner dreifachen Größe zu stemmen und den Berg heraufzutragen. Er könnte unsere Geliebte zerbrechen, ohne auch nur zu bemerken, dass er versuchte.

Einen Moment, nachdem ich erkannte, dass ich Brenna nicht rechtzeitig erreichen würde, schoss aus dem Nichts eine Hand hervor und umklammerte die Schulter des jungen Kriegers. »Verwandle dich«, befahl Wulfgar, und Fergus' Körper gehorchte. Der junge Mann wurde zum Wolf, fügte sich der Anweisung des Drittdominantesten im Rudel. Ein paar andere Krieger zuckten zusammen, als der Befehl durch sie fegte wie ein kalter Wind und um ein Haar ihre eigene Verwandlung erzwungen hätte.

Ich raste an den beiden vorbei, schnappte mir Brenna und hievte sie mir über die Schulter.

»Jetzt steckst du in Schwierigkeiten, Mädchen.«

Sie wand sich, und ich betonte meine Worte mit einem kräftigen Klaps auf ihr Hinterteil, als ich den Höhlengang hinab zu unseren aus dem Berg gehauenen Kammern ging.

»Wir haben dir gesagt, du sollst unsere Unterkunft nicht verlassen, Mädchen. Was hast du dir bloß dabei gedacht?« Echte Angst stieg in mir auf. Ich drängte sie zurück, verwandelte sie in Zorn.

Als ich hinter mir ein Grunzen hörte, wirbelte ich knurrend herum. Ein blonder Krieger war uns gefolgt, weil er dem Sirenenduft unserer Frau nicht widerstehen konnte.

Er grollte eine Herausforderung.

»Mein«, grollte ich zurück. Ich hievte Brenna von meiner Schulter und schob sie in Richtung unserer Unterkunft. Gleichzeitig trat ich zwischen sie und den angehenden Angreifer. »Zurück, Siebold.«

Der Krieger ging mit einem wilden Leuchten in den goldenen Augen in kampfbereit geduckte Haltung. Seine Schultern strafften sich, als er eine Herausforderung brüllte.

»Verwandle dich«, herrschte ich ihn an und legte die Macht des Alphas dahinter.

Siebold fiel auf die Hände und Knie. Fell erschien

entlang seines Rückgrats. Seine Knochen knirschten und knackten, als sein Wolf die Herrschaft übernahm. »Bleib«, fügte ich selbstgefällig hinzu und ließ ihn geschlagen heulend im Gang zurück.

An der Schwelle hielt ich inne, atmete tief durch und kämpfte um Kontrolle über meine Gefühle, bevor ich unsere Kammer betrat.

Brenna wartete mit vor der Brust verschränkten Armen. Sie wirkte nicht verängstigt ... sondern erbost.

Verwegen begegnete sie meinem Blick, doch als ich mich an sie anpirschte, bewies sie genug Vernunft, um zurückzuweichen.

Meine Hand legte sich wie ein Kragen um ihren Hals. Meine Haut brannte, als sie den silbernen Wendelring berührte, den wir ihr angelegt hatten.

Meine eigene Bestie stand kurz davor, aus mir auszubrechen.

Ich drängte sie zurück.

Mühsam entfernte ich die Hand um Brennas Hals. Mit beiden Händen zwängte ich den Wendelring auf und entfernte ihn ebenfalls. Ich ließ das verbogene Metall vor ihrem Gesicht baumeln.

»Du hast eingewilligt, das zu tragen, nicht wahr?«

Sie nickte.

»Mit dem Wissen, was es bedeuten würde? Mit dem Wissen, dass du unter dem Rudel leben und uns gehorchen müssen würdest?«

Abermals nickte sie. Ich warf den Wendelring zu Boden. Sie zuckte zusammen, als das Silber auf Stein prallte, löste den Blick jedoch nicht von mir.

»Hast du eingewilligt, unter uns zu leben, Samuel und mir zu gehorchen und unsere Regeln zu befolgen? Regeln, die dich schützen? Regeln, die für deine Sicherheit sorgen?

Ihre Stirn runzelte sich, dennoch nickte sie erneut. Sie ahnte, worauf ich hinauswollte, und es gefiel ihr nicht.

»Du bist eine Frau von Ehre, Brenna, das habe ich vom ersten Augenblick an gewusst. Wolltest du versuchen, uns zu verlassen? Wolltest du dein Wort brechen?«

Sie schüttelte den Kopf.

»Du hast gegen eine Regel verstoßen, Brenna. Ja, wir haben dich allein gelassen, aber ich wollte bald mit Essen zurückkehren. Wir lassen dich nie lang allein. Das ist der Grund, warum Samuel und ich zusammen Anspruch auf dich erhoben haben. Falls einer von uns ausfällt, sorgt der andere für dich.« Frustriert fuhr ich mir mit der Hand durchs Haar. Mein Wolf verlangte heulend, ich sollte sie zu Boden werfen und sie auf der Stelle nehmen, sie mit meinem Samen zeichnen, damit sie und alle anderen Wölfe wissen würden, zu wem sie gehörte.

Die Bestie lauerte im Hintergrund, bereit, in dem Augenblick anzugreifen, in dem ich die Herrschaft über sie verlöre. Wie der Wolf wollte sie unsere Geliebte für sich beanspruchen, aber sie sehnte sich auch nach Blut und Schmerz.

Mit einem tiefen Atemzug bemühte ich mich, ruhig zu bleiben. »Wir sorgen für dich. Aber du musst dich an die Regeln halten. Verstanden?«

Brenna nickte. Der Zorn hatte ihre Züge verlassen. Zwar wirkte sie nicht ganz reumütig, aber fast.

Ich zeigte auf den am Boden liegenden Wendelring. »Also wähle noch einmal, Brenna. Willst du bleiben? Mit dem Wissen, dass du dich unseren Regeln fügen musst?« Mein Herz flatterte ein wenig. Sie könnte ablehnen. Wollte ich ihr wirklich gestatten, noch einmal zu entscheiden, ob sie uns verlassen wollte? Würde ich sie zu ihrer Familie zurückbringen, wenn sie sich weigerte, den Wendelring aufzuheben? Tief in meinem Herzen wusste ich, dass ich es tun würde. Es würde für Samuel, mich und möglicherweise das gesamte Rudel den Tod bedeuten, dennoch würde ich es tun.

Das Wissen hätte mich ängstigen müssen. Stattdessen fühlte ich mich dadurch stärker. »Wählst du uns?«

Sie nickte. Obwohl ich innerlich jubelte, achtete ich darauf, meiner Stimme weiterhin einen strengen Klang zu verleihen. Brenna hätte heute sterben, hätte von brunftigen Wölfen in Stücke gerissen werden können. Das musste ich ihr begreiflich machen.

»Dann hast du uns vorsätzlich nicht gehorcht und musst dich den Folgen stellen.« Ich zeigte auf den Boden.

Verunsicherung huschte über ihre Züge.

Ich schnippte vor ihrem Gesicht mit den Fingern. »Unterwirf dich. Sofort, Mädchen. Ich bin nicht in der Stimmung für Sperenzchen.«

Ihr Körper versteifte sich, aber sie sank zu Boden.

Beim Zeichen ihrer Unterwürfigkeit legte sich mein Zorn.

»Heb den Wendelring auf.«

Sie tat es. Ihre sonst so anmutigen Finger zitterten, allerdings nicht vor Angst. Vor Verlangen. Meine Augen wurden groß, als ich erkannte, dass meine Dominanz sie erregte. Als ich den heftigen Puls an ihrer Halsschlagader beobachtete, geriet mein eigener Körper beim Geruch ihrer Begierde in Wallung.

»Biete es mir an.« Instinkte setzten ein, und sie blickte zu Boden, als sie mir den Reif darreichte. In diesem Moment fühlte ich mich mächtiger als je zuvor in einem Leben, in dem ich unzählige Feinde auf dem Schlachtfeld bezwungen hatte.

»Braves Mädchen.« Ich nahm den Wendelring an und

trat hinter sie, achtete auf einen milden Ton. »Heb dein Haar an.«

Sie gehorchte, und ich spürte, wie sich mein Körper angesichts ihrer Unterwerfung weiter anspannte. Ich brachte den Wendelring wieder um ihren zierlichen Hals an.

»Richte dich auf, Brenna.«

Meine Hand schlang sich erneut um ihren Hals, und ich zog sie nah zu mir. »Sieh mich an«, forderte ich sie auf, und sie tat es.

»Du gehörst uns. Für immer.« Mein Daumen spielte über ihre Lippen. Ohne den Blick von meinem zu lösen, öffnete sie den Mund und biss mir in die Spitze des Fingers.

Da verlor ich die Beherrschung.

Ich setzte mich in Bewegung, hob sie halb von den Beinen und trug sie zur nächstbesten Fläche, um sie zu nehmen. Die Liegestatt befand sich zu weit entfernt, aber zumindest schaffte ich es zur Wand und drückte meine Geliebte gegen den harten Fels. Ihr Kopf prallte gegen den Stein, doch die Lust in ihrem Gesicht verriet mir, dass es sie nicht störte. Ihre Hände strichen über meine Arme und Schultern. Ihre Nägel bohrten sich in die straffen Muskeln, als ich sie hochhob.

»Du verlässt die Höhle nicht ohne Erlaubnis«, stieß ich knurrend hervor. Sie verdiente Bestrafung, aber ich war zu wütend, um sie ihr zu erteilen. Ich war zu wütend für irgendetwas anderes als dafür, sie zu rammeln.

Mit finsterer Miene starrte sie mich an, zog an meinen Schultern und presste die untere Körperhälfte gegen mich. Meine Hände packten den oberen Teil ihres Gewands und zerrissen es, um ihren Leib für mich zu entblößen. Der Drang, sie in die Schulter zu beißen, sie zum Bluten zu bringen, sie am Kragen zu ergreifen und durchzuschütteln, wurde beinah überwältigend. Aber sie war keine Wölfin, die eine derart grobe Bestrafung verkraften konnte. Ich würde mich damit begnügen müssen, unser unartiges Menschlein hart an der Höhlenwand zu nehmen.

Also hakte ich mir eines ihrer Beine um die Hüfte und stieß in sie.

Ihr gesamter Körper wogte nach hinten. Ihr Mund öffnete sich zu einem vollkommenen Rund der Befriedigung.

Wieder und wieder rammte ich mich in sie. Zwar stützte ich sie so, dass ihr Kopf nicht gegen die Wand schlug, abgesehen davon jedoch hielt ich mich nicht zurück. Sie umklammerte meine Unterarme und neigte die eigenen Hüften vor, nahm die sie bestrafenden Stöße auf, begrüßte sie sogar.

»Selbst ich kann mich in deiner Gegenwart kaum beherrschen«, ließ ich sie wissen. »Glaubst du, das Rudel würde sich zurückhalten? Du könntest dich glücklich schätzen, überhaupt zu überleben.«

Wieder legte sich meine Hand wie ein Kragen um ihren Hals und drückte gegen den Wendelring. Ich spürte die beruhigende Kühle des Silbers an der Haut. Sie hätte heute durch das Rudel sterben können. Die Bestie in uns kannte weder Liebe noch Zärtlichkeit. Sogar in diesem Augenblick wollte ich Brenna schlagen und in die Unterwerfung vögeln.

Bis ich die Herrschaft über mich vollständig zurückerlangt hätte, würde ich mich auf Letzteres beschränken.

Ich ließ ihren Hals los und stützte mich mit einer Hand an der Wand ab. Die andere hielt nach wie vor ihren Kopf, während meine Hüften peitschenartig nach vorn schnellten. »Du wirst dich besinnen, wem du gehörst. Wir sind deine Herren. Und du wirst uns gehorchen, damit dir kein Leid widerfährt.«

Brenna keuchte in mein Ohr.

Sie genoss es. Gut. Ich würde nicht aufhören, bis ich sie mit meinem Samen gezeichnet haben würde. Ich konnte nicht hinausgehen und jedem Wolf, der sie angeglotzt hatte, die Augen herausreißen, aber ich konnte sie als mein kennzeichnen.

Ich hob sie leicht an, pflügte in sie und versuchte, mich so tief in ihrem Körper zu vergraben, dass sie mich ewig fühlen würde. Als ich stöhnend ihren Namen hervorpresste, winkelte sie den Kopf an und küsste meinen Hals.

Die zärtliche Geste jagte einen Schauder durch meinen Leib. »Oh mein Mädchen ...«

Ihr Körper spannte sich an, als sie zuckend dem Höhepunkt entgegenraste. Als der Orgasmus sie überkam, knickten ihre Knie ein, und sie sackte gegen mich. Während ich sie fest an mich gedrückt hielt, presste ich mich gegen ihre Hüften und ließ meine eigene Entladung über mich hinwegfegen.

Danach verharrten wir eine Weile so. Mein Körper drückte den ihren gegen die Wand.

Noch bevor Samuel das Wort ergriff, spürte ich, dass er die Kammer betrat.

»Was ist hier los?«

Ich trat zurück und ließ Brennas Füße auf den Boden zurücksinken.

»Ich erteile unserer Geliebten gerade eine Lektion.« Als meine Hände über ihre nackte Gestalt strichen, fühlte ich mich wesentlich besser. Brenna warf einen bedauernden Blick auf ihr zerrissenes, auf dem Boden liegendes Gewand. Wir gestatteten ihr nur selten Kleidung, weil wir glaubten, sie nackt zu belassen, würde unsere Anweisung stützen, dass sie in der Unterkunft und weg vom Rudel bleiben musste. Wie sich herausstellte, hatten wir richtig vermutet.

Das Recht, Kleidung zu tragen, würde sie sich ebenso wie unser Vertrauen erst wieder verdienen müssen.

Samuel verschränkte die muskelbepackten Arme vor der Brust. »Wulfgar ist da draußen, und Fergus liegt in Wolfsgestalt zu seinen Füßen. Siebold ist in einem solchen Zustand, dass ich ihn zum nördlichen Wachposten schicken musste. Wie es scheint, hat unsere Brenna für einigen Aufruhr gesorgt«

»Sie hat die Höhle verlassen und sich in Gefahr gebracht.«

»Ist das wahr?« Samuel klang barsch, und das Licht seiner goldenen Augen flammte auf, als er Brenna zornig anstarrte.

Unsere Frau nickte mit niedergeschlagenen Augen. Wenigstens war sie schlau genug, einen wütenden Alpha nicht zu reizen.

»Teilweise war es meine Schuld«, sprang ich für sie in die Bresche. »Ich habe sie zu lang allein gelassen.«

»Das sollte keine Rolle spielen«, befand Samuel und wandte sich über die Verbindung an mich. *Wir können sie nicht ewig in der Höhle festhalten.*

Etwas anderes wäre zu gefährlich, begehrte ich auf.

Mir gefällt es auch nicht, aber wenn sie bei uns bleiben soll, muss sie unsere Lebensweise kennenlernen. Es ist an der Zeit.

Samuel streckte die Hand aus. »Brenna.«

Langsam entfernte sie sich von meiner Seite und ging zum Alpha unseres Rudels. Ich verschränkte die Arme vor der Brust, um meine innere Unruhe zu verbergen. Wenigstens konnte ich so den Anblick genießen, wie mein Samen über ihre Schenkel herablief.

Unsere Brenna war für menschliche Begriffe keine kleine Frau, dennoch nahm sie sich neben Samuels großem Körper geradezu zwergenhaft aus. Ihr Kopf reichte ihm nur bis an die Brust. Als sie sich Samuel näherte, setzte er eine gütige Miene auf. Da er ihr an Größe und Kraft dermaßen überlegen war, achtete er darauf, sie nicht zusätzlich einzuschüchtern.

Samuel setzte sich auf die Liegestatt und zog unsere Geliebte stehend zwischen seine Beine. Eine Weile spielte er nur mit ihrem Haar, schob es von ihren nackten Schultern.

»Ich erkläre dir jetzt die Regeln. Eine kennst du ja bereits – du darfst unser Quartier nicht ohne unsere Erlaubnis verlassen. Gegen diese Regel hast du verstoßen, und ich werde dich gleich von Daegan dafür bestrafen lassen.«

Brenna schaute mit großen Augen zu mir, und ich zwinkerte ihr zu. Nachdem ich mich in ihr verausgabt hatte, fühlte sich mein Wolf deutlich ruhiger. Auch die Bestie war besänftigt. Allerdings würde mich meine Ruhe nicht davon abhalten, das Hinterteil unserer Geliebten rot zu schlagen. Aber statt die Herrschaft über mich zu verlieren, würde ich die Handlung genießen.

Sie hingegen würde das nicht behaupten können.

Samuel fasste sie an den Schultern, als er überlegte, wie er unserem kleinen Menschlein unsere Lebensweise erklären sollte. Darum beneidete ich ihn nicht.

»Du musst verstehen, dass unser Wolfsrudel auf einer strengen Hierarchie beruht. Daegan und ich stehen an der Spitze. Als Alpha führe ich das Rudel an, diene ihm aber auch. Wenn ein Feind angreift, bin ich der Erste, der kämpft. Sollte uns der Feind besiegen, bin ich der Erste, der stirbt. Im Gegenzug erweist mir das Rudel seinen Respekt. Ich esse als Erster und habe das erste Recht auf jede Annehmlichkeit. Und am wichtigsten ist: Wenn ich einen Befehl erteile, muss das Rudel gehorchen.«

Ich drehte eine Runde durch die Kammer, legte Holz in die Kohlenbecken nach. Im Rudel hieß ich »Daegan Silberzunge«, weil ich die Fähigkeit besaß, die meisten Wölfe in die Verwirrung zu reden – doch als Alpha hatte Samuel das letzte Wort. Wir hatten vereinbart, dass es am besten wäre, wenn er neue Mitglieder des Rudels über die Regeln aufklärt. Wenn ein Wolf gegen die Regeln verstieß, fällte Samuel das Urteil und ordnete die Bestrafung an.

»Du bist zwar keine Wölfin, dennoch bist du jetzt ein Mitglied des Rudels. Als Mensch bist du ... schwach. Zerbrechlich. Nicht in der Lage, dich zu schützen. Ich schütze jeden schwachen Wolf im Rudel vor dem Tod, solange er seinen Platz kennt. Aber ich kann nicht immer eingreifen. Es ist für Wölfe nur natürlich, dass sie um ihren Platz im Rudel kämpfen. Es obliegt nicht meiner Verantwortung, einen stärkeren Wolf davon abzuhalten, gegen einen schwächeren zu kämpfen, wenn ihn der schwächere Wolf um den Rang herausfordert. Verstehst du, was ich bisher gesagt habe?«

Samuel wartete, bis Brenna bedächtig nickte.

»Ob es dir passt oder nicht, du bist die Schwächste des Rudels. Wir beschützen dich, aber wenn du unsere Unterkunft verlässt und dich unter die Wölfe begibst, gelten auch für dich die Regeln. Du darfst einem anderen Wolf nie in die Augen sehen, ob er in Wolfs- oder Menschengestalt ist. Sonst forderst du den Wolf um den Rang im Rudel heraus und musst kämpfen, um deinen Anspruch zu beweisen. Der Wolf wird ebenfalls kämpfen, um seinen Platz im Rudel zu behalten. Und das wäre ein Kampf, den du nicht gewinnen kannst.«

»Ohne mein Eingreifen hätte dich Fergus oder ein anderer Wolf entweder herausgefordert oder versucht,

Anspruch auf dich zu erheben. So oder so wäre Blut vergossen worden. Verstehst du das?«

Brennas Blick schnellte zwischen uns hin und her, bis Samuel ihr Kinn ergriff. »Es ist sehr gefährlich, einen Wolf herauszufordern. Mehr als ein paar Sekunden Blickkontakt kommen einer Erklärung gleich, dass man über dem anderen steht.«

»Du darfst einem anderen Wolf nur in die Augen sehen, wenn du bereit und willens bist, gegen ihn zu kämpfen. Der Einzige, der jedem Wolf in die Augen sehen darf, ist Samuel. Sogar ich kann ihm nicht als ebenbürtig gegenübertreten.«

»Daegan ist fast so dominant, wie ich es bin. Zusätzlich zu Stärke besitzt er eine Führungspersönlichkeit und Verstand. Unsere Wölfe haben vor langer Zeit beschlossen, zusammen zu herrschen. Wir sind als Kriegerbrüder verbunden und haben gelobt, für die Sicherheit des Rudels zu sorgen. Falls einer von uns im Kampf fällt, folgt ihm der andere nach. Deshalb teilen wir dich, ohne zu kämpfen. Aber sogar er muss sich mir fügen.« Mein Alpha erhob die Stimme. »Daegan, sieh mich an.«

Wie befohlen begegnete ich dem Blick seiner goldenen Augen, doch bereits nach wenigen Sekunden bäumte sich mein Wolf dagegen auf, und ich sah stattdessen in Brennas braune Augen.

»Siehst du, Mädchen? Wir alle müssen uns zum Wohl des Rudels den Regeln beugen.«

»Wenn du das nächste Mal die Höhle ohne Erlaubnis verlässt und dich einem Wolf allein stellst, wirst du bestraft«, verfügt Samuel.

Brenna seufzte und nickte.

»Heute hast du Glück gehabt, dass ich in der Nähe war.

Fergus ist der Jüngste von uns und verliert am schnellsten die Beherrschung. Ich weiß nicht, was er getan hätte, wenn du ihm in die Hände gefallen wärst – ob er gegen dich gekämpft oder dich genommen hätte. Jedenfalls hätte es nicht gut geendet.« Ich verspürte einen Anflug von Furcht beim Gedanken daran, was hätte passieren können, wenn es Fergus gelungen wäre, Brenna zu erreichen, bevor ihn Wulfgar aufhalten konnte.

»Fergus wird vor dem gesamten Rudel gezüchtigt und gedemütigt werden. Aber wir können nicht zulassen, dass du ungestraft gegen unsere Regel verstoßen und die Höhle verlassen hast. Du hast diese Regel gekannt.«

»Ich weiß, dass es für dich schwierig ist, in der Höhle zu bleiben, Brenna«, räumte ich ein. »Aber es dient deinem Schutz.«

»Es ist an der Zeit, dass du uns nach draußen begleitest«, lenkte Samuel ein.

»Samuel wird dir erlauben, unter dem Rudel zu wandeln. Aber du musst auf seine Worte hören und den Blick zu Boden gerichtet lassen.«

»Füg dich, Brenna«, sagte Samuel und klang dabei fast flehentlich. »Was wir verlangen, ist nicht einfach, aber notwendig. Wirst du gehorchen?«

Mit zu Boden gesenktem Blick nickte Brenna.

Samuel hob ihr Kinn an. »Für diese Regel gibt es keine Ausnahme. Sofern wir nicht aus bestimmten Gründen deine Unterwerfung verlangen, darfst du uns immer in die Augen sehen. Der Wolf will, dass du dich wie unsere Gefährtin verhältst. Du, Brenna« – er lächelte – »bist das einzige Mitglied des Rudels, dem mein Wolf gestattet, meinem Blick zu begegnen. Verstehst du jetzt, warum du so kostbar für mich bist?«

Damit küsste er sie, und ich nahm über unsere Verbindung seine Empfindungen wahr. Nicht nur Vergnügen. Auch Erleichterung.

»Du bist ein Geschenk, das wir eigentlich gar nicht verdienen. Wir dürfen nicht zulassen, dass dir ein Leid widerfährt.« Sein Finger strich verspielt über ihre Lippen. Dann lehnte sich Samuel zurück. »Deshalb musst du uns uneingeschränkt gehorchen. Du hast die Höhle ohne Erlaubnis verlassen. Daegan ist gegangen, während du geschlafen hast, um Essen zu holen. Wenn du dich nicht einmal für wenige Minuten an eine Regel halten kannst, ketten wir dich ans Bett.«

»Ich hätte nichts dagegen, dich zu fesseln.« Ich zwinkerte.

Samuel verdrehte die Augen. »Daegan bereitet es Freude, widerwillige Opfer zu bezwingen. Es wird ihm auch bei dir ein Vergnügen sein.«

»Einem von uns sollte es Freude bereiten.« Ich streckte eine Hand aus. »Es ist an der Zeit, Mädchen. Komm her.«

Kaum hatte sich Brenna auf Armeslänge genähert, zog ich sie über meine Knie.

Ich hielt sie ungleichmäßig, sodass ihre Finger den Boden streiften, während ihre blassen Pobacken hoch emporragten. Meine süße Frau wand sich auf meinem Schoß und massierte dadurch meinen Schritt, bis ich sie mit einem Bein über dem ihren fixierte.

»Das machen wir jetzt nicht. Nimm deine Bestrafung wie ein braves Mädchen hin.« Es gelang mir nicht, das Vergnügen aus meinem Ton zu verbannen.

Ich nahm mir ihre Pobacken abwechselnd vor und ließ die Handfläche auf die straffe Haut niedersausen. Dabei achtete ich darauf, nicht einmal die Hälfte meiner Kraft einzusetzen, dennoch breitete sich innerhalb kürzester Zeit schillernde Röte über ihren Hintern aus.

Samuel beobachtete das Geschehen aus sicherer Entfernung. Sein Wolf war zu dominant, als dass er sie gefahrlos hätte bestrafen können. Er wäre nicht in der Lage gewesen, die Kontrolle zu bewahren. Außerdem genoss er es nicht wirklich, schöne Frauen zu bestrafen, jedenfalls nicht so wie ich.

Ein Teil von mir war aufrichtig besorgt. Wir durften nicht zulassen, dass unsere Frau herumlief und das Rudel herausforderte. Die anderen würden entweder Anspruch auf sie erheben und sie brunften oder gegen sie um den Rang im Rudel kämpfen und sie dabei töten.

Ich versohlte ihr den Hintern, bis ich sie nach Luft schnappen hörte. Als ich aufhörte und sie aufrichtete, war der sture Ausdruck um ihren Mund ein wenig gewichen. Eine kleine Träne löste sich aus einem ihrer Augen. Ich wischte sie weg. Allem Anschein nach hatte sie das Versohlen ihres Hinterns in einen Zustand der Unterwürfigkeit versetzt.

»Jetzt steh auf und geh zur Wand. Stell dich mit der Nase an den Stein und warte so für ein paar Minuten.« Ich rieb noch kurz ihren Allerwertesten, um den Schmerz etwas zu lindern, dann schickte ich sie mit einem verspielten Klaps los. »Und fass nicht deinen Hintern an, es sei denn, du willst noch eine Runde über meinen Knien.«

Sie zögerte, tat jedoch letztlich, was ich verlangte. Ihre Züge schillerten, so gedemütigt fühlte sie sich, doch von Reue ließ sie keine Spur erkennen. Ich seufzte. Den Kampfgeist wollte ich ihr um keinen Preis aus dem Leib prügeln, aber wir würden sie aufmerksam im Auge behalten müssen. Wenn sie das nächste Mal gegen die Regeln verstieße, würden wir vielleicht nicht so viel Glück haben.

Nach einigen Minuten hallte das Geräusch schwerer Schritte aus dem Gang herein. Wulfgar blieb am Eingang stehen, brachte wortlos die Bitte zum Ausdruck, eintreten zu dürfen, und wartete, bis Samuel es erlaubte.

»Alpha«, brummte Wulfgar respektvoll.

Brenna versteifte den Körper und setzte dazu an, sich umzudrehen.

»Augen an die Wand, Mädchen«, warnte ich Brenna. »Das ist Teil deiner Bestrafung.« Wieder versteifte sich ihr Körper. Ich beugte mich zu ihr und sprach in beruhigendem Ton zu ihr. »Das ist nur einer unserer Soldaten, der gekommen ist, um zu sehen, ob wir die Gesetze des Rudels aufrechterhalten. Wir werden nicht zulassen, dass er dir etwas antut.«

»Wulfgar«, begrüßte Samuel den uns besuchenden Krieger. Die beiden hatten zahlreiche Schlachten zusammen geschlagen, seit die Hexe sie in Berserker verwandelt hatte.

»Da ist sie«, fügte der Alpha hinzu und lud den Krieger ein, die Frau zu betrachten, die in der Ecke stand wie ein unartiges Kind. Meinem Wolf gefiel es nicht, unsere Geliebte derart bloßzustellen, doch Samuel musste sich an das Protokoll halten. »Wie du siehst, ist sie bestraft worden.«

Wulfgar nickte. Trotz seiner gewaltigen Masse besaß er mehr Selbstbeherrschung als alle anderen Wölfe. Er war zwar nicht ganz so dominant wie Samuel, aber mit Sicherheit stark genug, um den Alpha herauszufordern, wenn er wollte.

Wenn die Augen des Wikingers nicht golden vor Magie leuchteten, waren sie grau. Sie betrachteten Brennas nackte Gestalt. Nur kurz flammte Lust in ihnen auf, bevor er höflich wegschaute und Samuel zunickte. Er würde dem Rudel berichten, dass der Gerechtigkeit Genüge getan und die Bestrafung erfolgt war.

»Sie ist neu. Sie wird es noch lernen«, sagte Samuel.

Wieder nickte der Hüne.

»Wie geht es Fergus?«

»Ich lasse ihn ein paar Tage in Wolfsgestalt«, brummte Wulfgar. »Das wird sein Mütchen abkühlen.« Der Brauch sah vor, dass der Verletzte – der arme Fergus – nachsehen kam, ob der Übeltäter seine Bestrafung erhalten hatte, in diesem Fall jedoch war Wulfgar statt des unbeherrscheteren Wolfs gekommen. Die meisten Rudelbestrafungen erfolgten öffentlich, aber wir würden nicht zulassen, dass unsere Geliebte vor allen Berserkern bloßgestellt wurde. Nicht, solange es nicht notwendig war.

»Wird das Rudel damit zufrieden sein?«, fragte Samuel.

Wulfgar nickte. »Ich werde den anderen berichten, dass der Gerechtigkeit Genüge getan wurde.«

»Danke, Wulfgar«, sagte Samuel.

Nach einem weiteren Nicken des rasierten Kopfs ging Wulfgar.

Ich lehnte mich an die Wand und fuhr mit der Hand über Brennas Rücken, als mir auffiel, wie sie zitterte.

»Ist schon gut, Mädchen. Er ist weg.«

Sie blinzelte heftig und kämpfte gegen Tränen der Wut oder der Verlegenheit an.

Ich nahm sie in die Arme, hielt ihren steifen Körper fest an mich gedrückt, neigte ihren Kopf zurück und wischte ihr eine verirrte Träne ab, die ihr über die Wange lief. »Genug davon. Wir würden nicht zulassen, dass dir ein Leid geschieht.«

Kurz verstummte ich und bat Samuel stumm, mir bei der Erklärung zu helfen.

»Wir haben die Regeln gebeugt, indem wir dich in aller Abgeschiedenheit gezüchtigt haben. Fergus hat nicht so viel Glück. Das gesamte Rudel weiß, dass er gezwungen ist, als Strafe dafür, dass er dich um ein Haar angegriffen hätte, mehrere Tage lang in Wolfsgestalt auszuharren. Wulfgar wird den Bericht deiner Bestrafung dem Rest der Krieger überbringen. Sonst würden sie herkommen und verlangen, mit eigenen Augen den Beweis deiner Maßregelung zu sehen.«

»Das können wir nicht dulden.« Ein Schauder durchlief mich. Brenna warf mir einen fuchsteufelswilden Blick zu, als wollte sie sagen: *Das muss ja so schwer für euch sein.* Damit entwand sie sich mir. Ihr rotes Hinterteil wackelte verlockend, als sie zur Liegestatt davonstapfte und ein Fell ergriff, in das sie ihre nackte Gestalt hüllte. Das Kinn hielt sie hoch in die Luft gereckt wie eine Königin.

Ich verkniff mir ein Lächeln. Die Bestrafung hatte ihren Stolz angeknackst, aber sie beileibe nicht gebrochen. So grell ihr Allerwertester im Augenblick schillerte, das würde rasch vergehen. Wir mussten dafür sorgen, dass ihr die Lektion im Gedächtnis blieb.

»Brenna«, rief Samuel. »Komm her.« Unsere Geliebte mied meine Augen, als sie zu unserem auf einem Stein hockenden Alpha ging. Der große blonde Krieger setzte sie auf sein Knie. Sie zuckte zusammen, als ihr gezüchtigter Hintern auf den harten Muskeln seines Oberschenkels landete, biss jedoch die Zähne zusammen.

»Du bist ein tapferes Mädchen, weil du deine Bestrafung so gut weggesteckt hast. Ich weiß, dass du neu hier bist, trotzdem musst du begreifen. Jeder Wolf, der dir ein Leid antut, wird hingerichtet. Hätte Daegan nicht eingegriffen ... Wir wollen nicht miterleben müssen, dass du verletzt wirst.«

Finster sah sie Samuel an, als wollte sie sagen: *Warum sitze ich dann auf einem roten, wunden Hintern?*

»Du lebst jetzt bei uns. Wolfsrudel gedeihen am besten, wenn sie eine Reihe von Regeln haben.« Samuel sprach mit ruhiger, aber fester Stimme. »Du musst dich an die Regeln halten, denn ich fürchte, das nächste Mal muss deine

Bestrafung öffentlich erfolgen.« Er fuhr mit einem Finger über den Silberreif um ihren Hals.

»Dieser Wendelring kennzeichnet dich zwar als unser Eigentum, dennoch ist es nur ein geringer Schutz gegen einen tobenden Krieger.«

»Heute hatten wir Glück«, ergriff ich das Wort. »Fergus ist der Kleinste und Schwächste von uns. Aber hättest du einen dominanteren Wolf herausgefordert ...«

Samuel schauderte. Echte Angst zeigte sich in seinen Zügen. »Bitte stell unsere Kontrolle nicht auf die Probe«, ersuchte er sie eindringlich. Brenna blinzelte, als verblüffte sie, dass sie der Alpha geradezu anflehte. »Bitte, Brenna. Wir dürfen dich nicht verlieren. Verstehst du, warum Daegan dich bestrafen musste?«

Brenna nickte knapp.

»Daegan genießt es zwar, Bestrafungen auszuteilen, aber er wird es bei dir wiedergutmachen.« Samuel schaute zu mir. »Nicht wahr?«

»Oh ja«, bestätigte ich prompt. Mit einem Glas voll Salbe setzte ich mich auf einen Stein in der Nähe der Liegestatt. »Komm her und leg dich über meinen Schoß.«

Brenna zog eine Augenbraue hoch, und ich grinste sie an.

»Vertraust du mir nicht, Mädchen?«

Samuel schob sie in meine Richtung. Mir gefiel der Anblick ihres nackten Körpers, der sich anmutig in meine Richtung bewegte. Als sie sich über meine Knie legte, schwoll meine Männlichkeit noch praller an, und ich ließ ein zufriedenes Seufzen vernehmen.

»So könnte ich den ganzen Tag sitzen«, scherzte ich. Dann streichelte ich mit einer Hand ihren Rücken hinab und spürte, wie ein Schauder durch Brenna ging. »Du hast deine Bestrafung so brav ertragen. Lass mich dir eine kleine Belohnung dafür geben.«

Damit entnahm ich dem Glas eine großzügige Portion Salbe und verrieb sie auf ihrem geröteten Hintern. Das Brennen der Schläge würde dadurch nachlassen, bis nur noch ein warmes Glühen verbleiben würde.

Brenna wand sich ein wenig, und mir stieg ihr süßer Moschusduft in die Nase. Der berauschende Geruch verriet mir, wie sehr sich die Tracht Prügel auf sie ausgewirkt hatte. Vermutlich schämte sie sich deshalb so sehr.

Ich ließ die Finger tiefer wandern und schob sie zur Überprüfung zwischen ihre Beine.

»Wie vermutet. Triefnass.«

Samuel schmunzelte.

Brenna wollte sich erheben, und ich drückte sie nieder.

»Nein, nein, nein, Mädchen, lass mich dich versorgen. Das ist nur fair, nachdem ich dir Schmerzen bereitet habe.« Ich hielt sie weiter fest, als meine mit Salbe bedeckten Finger ihre herrlichen unteren Lippen rieben. Sie krümmte sich heftiger und verpasste meiner Mannespracht so eine wohlige Massage.

Das Spiel bereitete mir Vergnügen.

Letztlich ließ ich sie aufstehen, und sie wich zurück, das Gesicht so rot wie ihr Hintern. Ich hob mir die Finger an den Mund und leckte ihre Säfte davon ab.

Brenna runzelte die Stirn, und ich zwinkerte ihr zu.

Samuel fing sie auf und zog sie mit dem Rücken voraus an sich. Vor seinem großen Körper wirkte sie winzig. Er trug einen Lendenschurz, den er mit einem schnellen Ruck entfernte, um seine Härte an ihrem heißen Hinterteil zu reiben.

»Hat dir gefallen, wie es Daegan wiedergutgemacht hat?«

Seine Hände tasteten über die nackte Gestalt unserer Geliebten. Sie setzte sich zwar zur Wehr, doch ihre Augen wurden glasig, und ihr Mund klappte auf. Sie keuchte ein wenig, als er an ihren Nippeln zog und die Hände anschließend senkte, um mit den Fingern die kleine Lustperle zwischen ihren Schenkeln zu streicheln.

Ihre Knie knickten ein, und Samuel stützte sie, als sie gegen ihn sackte. Er knurrte ihr leise ins Ohr.

»Jedes Mal, wenn du unseren Anweisungen zuwiderhandelst, wird dir Daegan den Hintern versohlen. Aber ich verspreche dir, wir werden uns um dich kümmern. Du gehörst jetzt uns.«

Mit einem kraftvollen Arm unter ihrer Brust hielt er sie aufrecht. Ihre Nippel standen hart und rosa vom Körper ab. Sie bettelten geradezu um heiße Lippen, die an ihnen nuckelten. Mir lief das Wasser im Mund zusammen.

»Du hast doch keine Angst vor uns, Kleines, oder? Wir würden dir niemals wirklich wehtun.«

Ich trat auf sie zu und legte die Hand um meinen Schaft. Dann senkte ich den Kopf zu ihren Brüsten und bearbeitete die kleinen Knospen, indem ich abwechselnd daran saugte, leckte und knabberte.

»Eine kleine Tracht Prügel auf den Hintern hat noch niemandem geschadet«, fuhr Samuel fort. »Und du warst so ein braves Mädchen. Wir geben dir eine Belohnung.«

Seine Hand bewegte sich zwischen ihren Beinen schneller, und ihr Körper versteifte sich. Ihr Mund öffnete sich, und die Augen rollten beinah nach oben.

»Komm, Brenna«, verlangte Samuel.

Ich beobachtete, wie sich ihr Körper anspannte. Leise, japsende Laute drangen zwischen ihren Lippen hervor, und ich zog sie zu einem sengenden Kuss zu mir. »Schmerz und

Lust, Mädchen«, hauchte ich an ihrem Mund. »Aber durch unsere Hände, und *nur* durch unsere.«

»Nur durch unsere«, bestätigte Samuel leise und hielt sie weiter aufrecht. »Hat dir das gefallen?« Er schmiegte sich an ihr Ohr, als sie blinzelnd die Fassung zurückerlangte. »Bist du bereit, Daegan dafür zu danken, dass er dein Fehlverhalten berichtigt hat?«

»Gib uns einen Kuss, Mädchen.« Ich trat zurück, massierte mich dabei.

Samuel hielt sie an den Hüften fest, als sie sich zu mir nach vorn beugte. Ich trat einen Schritt zurück und lenkte sie tiefer.

»Aber nicht auf den Mund ... So ist's gut, Mädchen.« Meine harte Lanze fuhr zwischen ihre Lippen, und sie lutschte mich gehorsam, nach wie vor in einem unterwürfigen Taumel.

Samuel ging hinter ihr in Stellung und glitt in sie. Wir hielten sie aufrecht, während wir uns in ihr vor und zurück bewegten, ich vorne, Samuel hinten.

Seine Hüften stießen hart zu, trieben sie auf meine Männlichkeit. Ich ließ die Hand sanft auf ihrem Haar ruhen.

Sie hielt sich an meiner Seite fest.

Die Verbindung zwischen meinem Kriegerbruder und mir vibrierte, während Samuel und ich uns in vollkommenem Einklang bewegten.

Mein Daumen streichelte die Wange unserer Geliebten.

»So perfekt für uns.«

Samuel fasste nach unten, um ihre Liebesknospe zu reiben, und sie seufzte mit meiner Härte im Mund.

»Oh ihr Götter!«, rief ich, als meine Knie schwach wurden. Schwingungen breiteten sich durch meinen gesamten Körper aus. Meine Muskeln spannten sich krampfhaft an, als ich so heftig kam, dass ich Sternchen vor den Augen sah.

Samuel grunzte, als er seine Bewegungen beschleunigte.

Ich half dabei, Brenna zu Boden zu lassen, und Samuel sank auf ein Knie, beugte den Körper über sie.

Kaum hatte ich ein Fell unter Brenna gelegt, hob Samuel ihre Beine so an, dass er sich so tief wie möglich in sie rammen konnte. Er hielt sie dabei mühelos fest. Ihr Körper rötete sich, als die Lust über sie hinwegfegte.

Samuel stieß einen Fluch in seiner alten Sprache aus, als er zum Höhepunkt kam. Unter ihm bebte Brennas Körper nach wie vor.

Ich wickelte sie in das Fell und trug sie zur Liegestatt, breitete ihren blassen Körper darauf aus wie eine Opfergabe für dunkle Götter.

Samuel hatte sich bereits wieder gesammelt und erhob sich. Wir lösten den Blick nicht von der Frau vor uns. Das Blut rauschte nach wie vor durch unsere Körper, ließ uns anschwellen und gleich wieder bereit werden.

Samuel trat vor. »Noch mal.«

Hinter uns fing jemand zu klatschen an. »Was für eine fesselnde Vorstellung«, drang eine nüchterne Stimme zu uns dreien.

Knurrend rappelte ich mich auf und drehte mich der großen blonden Frau zu, die am Eingang stand. Ein höhnisches Lächeln spielte um ihre Mundwinkel. Ich war so von meinen Gedanken vereinnahmt gewesen, dass ich sie nicht gewittert hatte. Mit einem kurzen Schnuppern erkannte ich, dass sie ihren Geruch irgendwie getarnt hatte. Sie roch so nichtssagend und stumpf wie die Felswand hinter ihr.

»Hexe, was willst du hier?«, fragte Samuel hinter mir mit knurrendem Unterton, ein kraftvoller, von Magie gefärbter

Laut. Er erhob sich am Fuß der Liegestatt und versperrte unserer Geliebten die Sicht auf die Hexe. Brenna lag blinzelnd hinter ihm, die Züge noch versponnen von der Ekstase, die wir ihr bereitet hatten. Ihre Hände krallten sich in die Felle und zogen sie über ihren nackten Leib, um ihn zu bedecken.

Ein Knurren stieg tief aus meinem Bauch auf, weil der unerwünschte Gast einen so persönlichen Augenblick störte.

»Du beschwörst Gefahr herauf, Yseult, indem du uneingeladen hier auftauchst«, sagte ich. »Geh besser, solange wir noch gute Laune haben.«

Samuel äußerte sich weniger diplomatisch. »Verschwinde.«

Kurz blitzten Yseults Augen auf, dann spürte ich, wie die Verärgerung von Besorgnis zurückgedrängt wurde. Ja, sie hatte einen wunderschönen Augenblick unterbrochen und zerstört. Aber die blonde Hexe war gefährlich. Sie war zwar nie unser wahrer Feind gewesen, aber wir konnten sie nicht kontrollieren. Wenn sie in Fahrt geriet, konnte sie ein nicht zu unterschätzender Gegner sein. Ich nahm Verbindung mit Samuel auf unserem gemeinsamen Weg auf, und unsere Wölfe knurrten einig.

Wir wollten diese Frau nicht in Brennas Nähe haben.

»Wenn ihr nicht gestört werden wollt, warum vergnügt ihr euch dann mitten am Tag in einer offenen Höhle? Jeder könnte hereinkommen und sich zu euch gesellen.« Die Stimme der Hexe klang so nüchtern und nichtssagend, wie sie roch, wodurch es sich verdammt schwierig gestaltete, ihre wahren Gefühle zu erahnen.

»Das Rudel weiß, dass es sich fernzuhalten hat«, erklärte ich, trat vor und blieb mit dem Körper im Sichtbereich zwischen der Hexe und Brenna.

Yseult tat so, als würde sie schnuppern. »Ich konnte ihre Lust schon auf halbem Weg den Berg hinunter riechen.«

»Wie kannst du es wagen ...« Samuels Wut erstickte ihn förmlich. Ich spürte, wie ihm der Halt um die Bestie entglitt.

Samuel, nicht. Ich warf meine Energie in die Verbindung zwischen uns und versuchte, die Flut der Berserker-Raserei zurückzuhalten. So sehr ich die Hexe weg aus unserer Zuflucht haben wollte, ein Wolf in Raserei würde eine Katastrophe lostreten. Ganz zu schweigen vom Alpha – er würde vermutlich das gesamte Rudel in einen Blutrausch verfallen lassen.

Yseult würde nicht überleben. Aber Brenna und der Großteil des Rudels vielleicht auch nicht.

Samuel verlagerte seinen Zorn auf mich. Prompt taumelte ich zurück und hatte Mühe, mich auf den Beinen zu halten. Die Bestie wollte nicht besänftigt oder aufgehalten werden. Ich hörte nichts mehr, sah nichts mehr, spürte nichts mehr, nahm nur noch blinde Wut wahr. Meine Welt bündelte sich auf eine einzige Absicht: die Hexe in Stücke zu reißen. Vor meinem geistigen Auge lag sie bereits tot und blutüberströmt auf dem Boden.

Und wenn wir sie fräßen, würden wir ihre Macht in uns aufnehmen.

Magie wogte über mich hinweg, und meine Knie drohten, einzuknicken: eine natürliche, unterwürfige Reaktion auf die Wut meines Alphas. Schmerzen breiteten sich in meinem Schädel aus: Durch die Bruderverbindung wurde ich dem Zwang ungeschützt ausgesetzt, aber wenigstens diente ich so als Puffer für den Rest des Rudels.

Warum ist sie noch nicht tot? Die Bestie tobte, kein Wolf mehr, sondern etwas Wahnsinniges, von Magie verunreinigt.

»Bitte«, presste ich erstickt hervor.

Hinter Samuel setzte sich Brenna auf. Sie wirkte erschrocken, ihre Miene besorgt.

Als Samuel losstapfen wollte, bereit, die Hexe, mich oder uns beide zu verletzen, beugte sich Brenna vor und packte seine Hand.

»Nicht, Brenna«, stieß ich japsend hervor und hievte den Körper im verzweifelten Versuch vom Boden, mich zwischen sie und den Alpha zu manövrieren, der kurz davorstand, die Kontrolle zu verlieren. Samuel durfte ihr nicht wehtun.

Bevor ich Samuel erreichte, wirbelte er zu Brenna herum und bleckte die Zähne. Sein Arm wirkte durch die unmittelbar bevorstehende Verwandlung bereits zottiger.

Sein Blick fiel auf unsere Geliebte, die ruhig und unschuldig in ihrem Kokon aus Fellen vor ihm saß.

Die Bestie erstarrte.

Hätte ich es nicht selbst bezeugt, ich hätte es nicht geglaubt. Ein Teil von mir wollte zu Yseult spähen, um herauszufinden, ob ihr Mund beim Anblick des tobenden Alphas offen stand, der durch eine einzige Berührung einer Frau beruhigt wurde wie ein Sturm auf dem Meer, der von einer sommerlichen Brise verweht wird.

Brenna lächelte ... und die Sonne ging auf.

Samuel lächelte zurück, wieder vollständig ein Mensch. Sein Wolf hatte sich beruhigt wie ein Welpe im Schoß der Mutter.

Yseult räusperte sich.

Um ein Haar hätte ich ihre Anwesenheit vergessen.

Auch die Hexe lächelte, wirkte dabei jedoch unbehaglich, als hätte sie gerade etwas mit angesehen, das sie nicht verstehen konnte. »Ihr habt meinen Rat befolgt. Und wie ich sehe mit befriedigendem Ergebnis.«

Ihr Blick schwenkte zwischen uns hin und her. Bei dem

selbstgefälligen Ausdruck in ihrem Gesicht fühlte sich mein Wolf instinktiv unwohl.

Brenna runzelte die Stirn.

»Ist schon gut, Mädchen«, hörte ich mich sagen. »Das ist nur die Hexe – die uns zu dir geführt hat.«

Brenna achtete sorgsam auf eine unverbindliche Miene. Ich verspürte einen Anflug von Schuldgefühlen. Wir waren an ihren Stiefvater herangetreten und hatten ihn dafür bezahlt, dass er sie von ihrer Familie weggelockt und sie an uns verkauft hatte. So hatte ich mir nicht gewünscht, der Frau zu begegnen, die unsere Rettung verhieß, aber auf diese Weise war es verlockend schnell gegangen. Und Brenna hatte sich in ihre Rolle gefügt.

So schien es zumindest. Ich musterte ihre verschlossenen Züge und wünschte, wir könnten mit ihr sprechen. Um sie zu fragen, was sie davon hielt, die Gefährtin zweier Alphas zu sein. Ob unsere Fürsorge für sie genügen würde, um sie glücklich zu machen.

An der Liegestatt half Samuel unserer Geliebten auf die Beine und verdeckte sie, während sie in eine Gunna schlüpfte. Yseult grinste beim Anblick des muskelbepackten Kriegers, der die Aufgabe einer Zofe übernahm. Samuel jedoch schenkte ihr keine Beachtung, widmete das gesamte Augenmerk unserer Geliebten und achtete darauf, ruhig zu bleiben, nachdem er so kurz davorgestanden hatte, die Herrschaft an die Bestie in ihm zu verlieren.

Ich richtete die Aufmerksamkeit auf die Hexe, die in den wenigen Minuten ihrer Anwesenheit so viel Unruhe gestiftet hatte. »Was willst du, Yseult?«

»Ich wollte nur nach euch sehen. Bei unserer letzten Begegnung habt ihr euch nur noch mühsam an der Vernunft festgeklammert und wart vielleicht eine Klaue davon entfernt, für immer in die Berserker-Raserei zu verfallen. Die von mir geworfenen Runen haben mir einen flüchtigen Einblick in eure mögliche Zukunft gewährt – und sie war düster. Abgesehen von der Frau natürlich. Ich habe mich gefragt, ob ihr sie gefunden habt.«

»Das haben wir«, brummte Samuel. Sein Ton brachte unmissverständlich zum Ausdruck, wie sehr er wollte, dass die Hexe ging.

»Wie ich sehe, habt ihr sie nicht nur gefunden, ihr paart euch auch mit ihr.« Yseult legte den Kopf schief und musterte uns, als wären wir besonders hässliche Insekten, die über ihre Stiefel hinaufkrabbelten.

»Menschen können sich nicht mit Wölfen paaren«, warf ich unwillkürlich ein. Und es stimmte. Nur eine Frau mit Magie im Leib – eine Frau, die teilweise eine Hexe war –, konnte ein Werkind empfangen. Meine Mutter war eine solche Frau gewesen. Es gab durchaus weibliche Werwesen, allerdings nicht viele, und die meisten würden sich nicht mit einem Berserker-Wolf paaren, zumal wir von dunkler Magie besudelt waren.

»Vielleicht. Vielleicht auch nicht.«

»Wovon redest du?« Samuel verlor allmählich die Geduld. Der große Krieger verschränkte die Arme vor der Brust.

»Merkwürdig, dass ich ihre Lust spüren konnte. Wie oft ist sie fruchtbar? Jeden Vollmond? Ist euch nicht aufgefallen, wie viel stärker ihr Geruch um diese Zeit ist? Und nicht nur ihr Geruch, auch ihre … Lust.«

»Das ist natürlich«, erwiderte Samuel knapp. In den wenigen Monaten, die Brenna bei uns weilte, hatten wir sehr wohl ihr verstärktes Verlangen bei jedem Vollmond bemerkt. »Ob Mensch oder Wolf, jede Frau macht das durch.«

Yseult zog die Augenbrauen hoch, eine stumme Herausforderung seiner Aussage.

Brennas Wangen röteten sich, aber ich konnte ihr die Peinlichkeit nicht ersparen. Ich musste es erfahren.

»Willst du damit sagen, dass so etwas bei einer menschlichen Frau nicht natürlich ist? Wird Brenna läufig wie die Frauen unserer Art?«

Yseult setzte ihr verfluchtes, rätselhaftes Lächeln auf.

»Warum fragt ihr nicht sie? Findet doch heraus, was sie dazu sagt.«

Brenna atmete scharf und hörbar ein. Sie riss die Hand an die Kehle, bedeckte das weiße Narbengewebe an ihrem Hals.

»Ach ja«, sagte Yseult. »Sie ist stumm. Jetzt fällt es mir wieder ein.«

Ich legte ob der unbedachten Worte der Hexe die Stirn in Falten und stellte mich neben Brenna. Samuel hatte sie vor sich geschoben und tröstend die Arme um sie gelegt.

Die Hexe beobachtete uns. All das – ihre Unterbrechung unseres Liebesspiels und dass sie Samuel auf die Probe stellte – war für sie ein Spiel. Weder dem Wolf noch dem Mann gefiel es, wie eine Spielfigur behandelt zu werden.

»Verdammt, du hast das gewusst«, presste ich in frostigem Ton hervor. »Du hast sie als Erste gefunden.«

Yseult hob verteidigend die Hände. »Ruhig, Daegan, ich habe lediglich in den Runen gelesen. Ich bin der Frau nie zuvor begegnet. Aber ich bin froh, dass sie zu euch passt.«

»Das tut sie«, pflichtete ich ihr unumwunden bei und wandte den Blick Brenna zu. Meine Züge wurden milder. *Sie ist mehr als passend*, meinte ich zu Samuel über die Verbindung, und er pflichtete mir bei.

Yseult wirkte verärgert. Sie wusste, dass sich Wölfe über eine gedankliche Verbindung miteinander verständigen konnten, und es widerstrebte ihr zutiefst. Sie zog es vor, selbst diejenige zu sein, die Geheimnisse hütete.

»Sag uns, was du weißt«, verlangte ich ohne große Hoffnung, dass sie es tun würde.

»Mein lieber Daegan, ich weiß gar nichts.« Sie zuckte mit den Schultern. »Wenn ihr mich für ein paar Augenblick mit ihr allein lasst ...«

»Nein«, fiel ihr Samuel knurrend ins Wort.

»Ich könnte mir das Mal des Wolfs genauer ansehen«, fügte die Hexe nüchtern hinzu, als wäre sie nie unterbrochen worden. »Dadurch wisst ihr, dass sie diejenige war, von der die Runen gesprochen haben, nicht wahr? Durch den Wolfsangriff in ihren jungen Jahren.«

»Hundeangriff.« Ich schaute finster drein. »Ihre Familie hat uns erzählt, es war ein wilder Hund.«

»Hund, Wolf ...« Wieder zuckte Yseult mit den Schultern.

Samuel und ich wechselten einen Blick. Bestand die Möglichkeit, dass unsere Brenna von einem anderen Werwolf angefallen worden war? Und nicht bloß von irgendeinem Wolf, sondern von einem Geschöpf wie uns, verunreinigt von Magie, ein Berserker in den Klauen des Wahnsinns?

Yseults Augen leuchteten. »Ja, allmählich beginnt ihr zu begreifen. Habt ihr euch je gefragt, wie sie einen so grausamen Angriff überleben konnte? Habt ihr euch je gefragt, warum?«

Samuel und ich blinzelten und sahen Brenna an, die genauso verwirrt wirkte, wie wir es waren.

»Soll das heißen, dass zwischen dem Grund, warum sie angegriffen wurde ... und dem Grund, warum sie überlebt hat ... eine Verbindung besteht?«

Yseults Lächeln wurde breiter.

»Du redest um den heißen Brei herum, Hexe. Sag es uns entweder rundheraus oder geh.«

»Ich werde es euch sagen, wenn ich es mit Sicherheit weiß. Aber ich will als Gegenleistung eine Gefälligkeit.«

»Gefälligkeit?«

»Das Übliche.«

Samuel schwenkte eine Hand. »Das Rudel wird die Bedingungen erfüllen. Daegan und ich nehmen nicht mehr daran teil.«

»So treu seid ihr dieser Frau bereits? Ich hätte nie gedacht, dass ich einmal den Tag erleben würde, an dem euch eine Frau an sich bindet.«

Samuel ging nicht auf die Stichelei der Hexe ein. »Das Rudel wird sich um deine Bedürfnisse kümmern.«

»Die anderen sind Brenna also nicht so treu? Oder teilt ihr sie nicht?«

»So ist es«, bestätigte ich knurrend. »Wir werden sie niemals teilen.«

»Schade.« Yseult schniefte. »Wenn es an der Zeit ist, meine Gefälligkeit einzufordern, hätte ich zu gern eine andere, die mir dabei hilft ... das Rudel zu unterhalten. Eure Wölfe sind so unersättlich ... vor allem der narbige Blonde – wie heißt er noch mal?«

»Siebold«, antworteten Samuel und ich wie aus einem Mund. Der große Wikinger besaß eine sadistische Ader, die Yseults Verlangen nach Blut entgegenkam. Natürlich bevorzugte sie ihn.

»Siebold. Genau«, bestätigte Yseult gurrend. »Ich hätte gern mehr Zeit mit ihm. Vielleicht könnte ich ihn ja mitnehmen ...«

»Nein«, entgegnete ich. Wie ich die Hexe kannte, würde sie Siebold wahrscheinlich direkt fragen, und er würde vielleicht geneigt sein, ihre Herausforderung anzunehmen.

Deshalb fügte ich hinzu: »Wir werden ihm nicht erlauben zu gehen.«

»Schade.« Yseult wirkte nicht allzu verstimmt. »Dann muss ich eben bis zur Sonnenwende warten.« Sie lächelte mich an. Vermutlich rief sie sich gerade die letzte Sonnenwende ins Gedächtnis. Damals hatten Samuel und ich sie zusammen genommen, während das Rudel dabei zugesehen hatte.

Und natürlich tauchte vor meinem geistigen Auge ungebeten das Bild auf, wie sich der nackte Körper der Hexe unter mir verrenkte. Im Vergleich zu der mit Brenna verbrachten Zeit nahm sich die Erinnerung kalt aus, obwohl sie denselben Akt enthielt. Zwischen Yseult und mir herrschte keine Liebe.

Ich wandte mich von ihr ab und grübelte insgeheim über die warmen Gefühle, die ich für die dunkelhaarige Frau auf der Liegestatt hegte. Handelte es sich um Liebe?

»Unsere Frau ist hungrig«, sagte Samuel zu Yseult. »Du kannst jetzt gehen.«

»Wie du willst«, gab Yseult mürrisch zurück. Wir hatten sie nicht unverhohlen beleidigt, waren aber nur knapp daran vorbeigeschrammt. Die Hexe verdiente es, auch wenn es nicht ratsam war, jemanden zu erzürnen, der Macht besaß.

»Eine letzte Sache noch«, sagte sie, und ich spannte den Körper in Erwartung ihrer Abschiedsbemerkung an. »Habt ihr Anspruch auf diese Frau als eure Geliebte erhoben, als eure wahre Gefährtin?«

Bei der Bezeichnung »Geliebte«, die ich insgeheim für Brenna benutzte, durchlief mich ein Ruck. Unwillkürlich fragte ich mich, ob ihn die Hexe aus meinen Gedanken erhascht haben konnte.

»Sie gehört uns.«

»Ist das so? Ich frage nur, weil ich kein Anspruchsmal an ihr sehe.«

Samuel legte die Hand auf Brennas Schulter – auf die Stelle, in die ein Werwolf seine Gefährtin im Paarungsrausch beißen würde. »Menschliches Fleisch ist zerbrechlich. Sie gehört uns, auch wenn wir sie nicht mit dem Mal zeichnen.«

»Hm. Wie könnt ihr dann sicher sein, dass sie eure wahre Gefährtin ist?« Yseult hielt drei Finger hoch. »Paarungslust, Paarungsbindung, Paarungsbiss. Das sind die Zeichen der wahren Gefährtin eines Werwolfs.«

»Was weißt du schon davon?«, fragte Samuel ungeduldig. Brenna konnte keine Bindung mit uns eingehen, und sie konnte einen Paarungsbiss nicht überleben. Sie war keine Werwölfin, keine geeignete Anwärterin für die Gefährtin eines Berserkers. Aber das war bisher noch keine Frau gewesen. Yseult wollte anscheinend unsere Treue gegenüber unserer Geliebten auf die Probe stellen und verlangte einen Beweis unserer Liebe. Samuel wirkte frustriert. »Warum liegt dir daran so viel? Bist du etwa eifersüchtig?«

Yseult erbleichte, doch ihre Erwiderung klang bissig. »Ich möchte nur zu Diensten sein, Alpha. Du bist an mich herangetreten, um diejenige zu finden, die dir Frieden bescheren kann. Wenn sie nicht diejenige ist ...«

»Sie ist es.« Samuel schlang die Arme fester um Brenna. Mit einer riesigen Pranke bedeckte er den Hals und den silbernen Wendelring, den sie für uns trug.

»Dann beansprucht sie.«

Samuel ließ Brenna los und schob sie behutsam beiseite. Ich spürte, dass mein Alpha erneut kurz davorstand, die Beherrschung zu verlieren, und diesmal würde ihn keine beruhigende Berührung unserer Frau aufhalten können.

»Yseult, vielleicht ist es jetzt endgültig an der Zeit für dich zu gehen ...«

Yseult folgte mir, wirbelte aber noch einmal herum. »Wenn ihr keine Paarungsbindung mit ihr bildet, gibt es genug andere Wölfe, die sie sich mit Freuden nehmen würden.«

»Raus!«, brüllte Samuel. Sein Rücken krümmte sich bereits zu einer halben Verwandlung – nicht in einen Wolf, sondern in eine Bestie zwischen einem Tier und einem Menschen.

Yseults Antlitz wurde ein wenig blass, und sie wich unwillkürlich einen Schritt zurück, was sie letztlich in einen höhnischen Knicks verwandelte.

»Bis zur Sonnenwende.«

IN MEINEN OHREN klingelte immer noch Samuels Wut, als ich Yseult vorausgehen ließ und ihr weg von unserer Schlafkammer folgte. Sie schritt mit hoch erhobenem Kinn durch den Gang, ließ sich in keiner Weise anmerken, dass sie soeben aus unserer Zuflucht geworfen worden war.

»Yseult«, rief ich. Sie hielt inne, ließ mir jedoch den steifen Rücken zugekehrt. »Sag, ist es für einen Menschen möglich, sich mit einem Wolf zu paaren?«

»Für einen Menschen? Einen *reinen* Menschen? Einen Menschen, den der Weiße Christ jeglicher Magie beraubt hat? Nein.« Ihr Ton klang spöttisch.

»Also kann Brenna nicht unsere wahre Gefährtin sein.« Noch während ich es sagte, widersprach der Wolf in mir. *Sie gehört uns,* beharrte er. *Sie ist unsere wahre Gefährtin.*

Ich zwang mich, Yseults Blick zu begegnen. Die Hexe

schien den Widerspruch des Wolfs und meine Verzweiflung zu spüren. Ihr Gesichtsausdruck grenzte an Mitleid.

»Ich will es dir sagen, Daegan. Ich habe die Runen geworfen, bevor ich hergekommen bin.«

»Und?«

»Du und Samuel, ihr müsst eure wahre Gefährtin vor dem nächsten roten Mond finden, sonst verschlingt euch die Bestie.«

Ich schluckte. Obwohl ich nicht wirklich wusste, was das bedeutete, fragte ich nicht nach. Ich hielt es für möglich, dass es Yseult selbst nicht verstand. Sobald sie es wüsste, würde sie es uns sagen, und keinen Augenblick eher.

»Ich dachte, dass Brenna den Wahnsinn aufhalten würde.«

»Die Runen fallen so, wie sie es wollen, Daegan«, erklärte mir Yseult in scharfem Ton.

Suchend sah ich ihr ins Gesicht. Wir waren einst Geliebte gewesen. Bestimmt würde ich in ihren Zügen einen Hinweis darauf finden können, was sie empfand.

Nichts.

Ich versuchte, an ihre Vernunft zu appellieren. »Aber du siehst doch so gut wie ich ... dass sie die Bestie besänftigt.«

»Es tut mir leid«, sagte sie. »Aber wie ich Samuel mitzuteilen versucht habe, es gibt drei Anforderungen.«

Ich nickte. Paarungslust, Paarungsbindung, Paarungsbiss.

»Wenn ihr das nicht vollbringen könnt ...« Sie zuckte mit den Schultern. »Dann ist sie nicht eure wahre Gefährtin.«

»Aber der Wolf beansprucht sie als Gefährtin.«

»Und was ist mit der Bestie? Der dritte, dunkelste Teil von dir – akzeptiert die Bestie sie?«

Ich schüttelte den Kopf.

Was empfindet ein Mann, der eine tödliche Wunde

erleidet, sie überlebt und dann erfährt, dass er am nächsten Tag aufgeknüpft werden soll? Ich schluckte.

»Was ist dann mit Brenna?«

»Ich vermute, ihre Gegenwart ist schon hilfreich. Aber solange die Bestie sie nicht als wahre Gefährtin ansieht ...« Wieder zuckte Yseult mit den Schultern. »Fragst du mich, was aus ihr werden wird? Was passiert, wenn die Bestie die Herrschaft an sich reißt? Mit allen in deinem Umfeld, seien es Dorfbewohner, geliebte Menschen oder sogar Armeen?«

Sie musste nicht in meine Gedanken blicken, um Erinnerungen an die Schlachtfelder zu sehen. Sie standen mir ins Gesicht geschrieben und sprachen aus den Narben an meinem Körper, aus dem Bedauern in meinem Blick. »Sie sterben.«

Sie nickte.

Jeder Muskel in meinem Körper spannte sich an.

Wenn Brenna nicht unsere wahre Gefährtin verkörperte und uns die Bestie letztlich überwältigte, würde sie nicht überleben.

Ein Bild blitzte durch meine Gedanken – eine in Stücke gerissene Frau. Von der nur ein Fleck auf dem Boden zurückblieb.

Ich schmeckte Blut im Mund und musste mich beinah übergeben.

Meine Eingeweide krampften sich zusammen, als mir klar wurde, worauf Yseult letztlich hinauswollte: Wenn wir Brenna liebten, würden wir sie wegschicken.

»Wie lange bleibt uns?«, presste ich mit belegter Stimme hervor.

»So lange, wie es dauert, bis ihr dem Wahnsinn erliegt. Es könnte ein Mond sein. Vielleicht auch ein Tag. Oder vielleicht dauert es noch ein Jahrhundert.«

»Sie wird kein Jahrhundert auf der Welt wandeln. Menschen leben nicht so lange.«

»Dann findet ihr am besten bald eure wahre Gefährtin.«

»Bist du deshalb heute hergekommen? Um uns zu warnen?«

»Ja. Ob ihr es glaubt oder nicht, ich bin eine Freundin.«

Ich glaubte es nicht. Sie war eine Verbündete, aber niemals eine Freundin. Wenn sie uns Wissen preisgab, dann nur, weil es ihren Zwecken diente.

Trotzdem dankte ich ihr widerwillig.

Sie antwortete mit einem Lächeln, das nicht ganz ihre Augen erreichte. Ihre Hüften wogten, als sie davonging, ein Anblick, der vermutlich verlockend wirken sollte. Mir wurde davon nur übel.

Hast du es gehört?

Aye, antwortete Samuel über unsere Verbindung.

Wir müssen es Brenna sagen. Sie sollte es wissen.

Stille.

Yseult blieb am Höhleneingang stehen. Ich eilte los, schloss zu ihr auf, weil ich sie nicht unter dem Rudel verweilen lassen wollte.

»Ich bringe dich zum Pfad.«

Sie nickte höflich. Sofern sie meine innere Not spürte, verlor sie kein Wort darüber.

Samuel?

Wir werden es ihr sagen.

Die Übelkeit breitete sich von meinem Magen in den Rest meines Körpers aus. Der Wolf hätte die Hexe am liebsten mit schnappenden Zähnen verscheucht, sie dafür vom Berg vertrieben, dass sie solche Kunde gebracht hatte. Er verstand weder die Zukunft noch die Wahl, vor die wir gestellt wurden.

Er verstand nur das Hier und Jetzt und Schmerz. Und er wollte Vergeltung.

Einen Moment lang verschwamm meine Sicht vor lauter Verlangen, irgendetwas zu töten. Ich wartete, bis ich wieder klar sehen konnte, dann schlenderte ich hinaus zum Lagerfeuer. Yseult stolzierte an den sie beobachtenden Wölfen vorbei. Einige präsentierten sich in Menschengestalt.

»Hallo, Siebold«, gurrte sie im Vorbeigehen dem Krieger zu. Der große Blonde saß mit nacktem Oberkörper auf einem Stein in der Nähe des Feuers und schärfte sein Schwert. Er drehte den Kopf, schaute ihr nach.

»Siebold«, rief ich. Erst nach einem langen weiteren Blick auf die entschwindende Frau richtete er die Aufmerksamkeit auf mich. »Du hast bis zur Dämmerung Wachdienst.«

Zorn huschte über die Züge des Mannes. Er gehörte zu der Gruppe von Kriegern, die zusammen mit Samuel in Norwegen verwandelt worden waren, um für einen König namens Harald Schönhaar zu kämpfen, lange vor meiner Geburt. Ich war noch ein Welpe, als die Wikinger aus den kalten Landen in ihren Drachenbooten angesegelt kamen. Einen so kampferprobten Krieger wie Siebold musste es mächtig wurmen, sich jemandem zu fügen, der so viel jünger und unerfahrener war. Allerdings war ich dominanter, und sei es nur wegen meiner Verbindung mit Samuel. Der Alpha vertraute mir.

Hingegen vertrauten wir beide Siebold nicht.

»Was hat die Hexe gewollt?«

»Dich.« Ich konnte der Versuchung nicht widerstehen, ihn damit aufzuziehen. »Um dich erst ordentlich zu rammeln und dann zu fressen. Wir haben abgelehnt.«

Siebold schnaubte.

»Du scherzt, Beta«, meinte er im selben mürrischen Ton,

den ich bei Yseult gehört hatte. Vielleicht würde es mir gelingen, Samuel zu überreden, den streitlustigen Wolf der Hexe doch für ihre düsteren Zwecke zu überlassen.

»Nicht schmollen, Wikinger«, benutzte ich seinen Spitznamen. »Zum Mittsommer kommt sie wieder, um sich ihr Fleisch und ihre Rammelei zu holen.« Ich zwinkerte ihm zu. »Jetzt geh auf deinen Posten. Bei Sonnenuntergang löse ich dich ab.«

Gereizt knurrte er, zog menschliche Lippen von Zähnen zurück, die schärfer als die eines gewöhnlichen Menschen waren. Schließlich gab ich meinen verspielten Ansatz auf und reagierte auf dieselbe Weise. Mit geblecken Zähnen sah ich ihm in die Augen, kehrte ein wenig den Wolf hervor, bis er den Blick aus Respekt vor meiner Dominanz senkte. Die Waffe krampfhaft umklammert erhob er sich und stapfte den Gebirgspfad hinauf zu einem Aussichtspunkt, den wir benutzten, um Wache zu halten.

Am Feuer kauernd benutzte ich einen Dolch für das gebratene Fleisch, um abwechselnd zu essen und Scheiben für Brennas Mahlzeit beiseite zu legen.

Ich wollte schon gehen, als mich ein Ruf innehalten ließ.

»Beta.« Wulfgar kam über die Lichtung auf mich zu. Besorgnis stand ihm in die kantigen Züge geschrieben. »Auf ein Wort. Wir hatten einen Besucher.«

»Jäger?« Wir befanden uns einen halben Tageslauf vom nächstgelegenen Dorf entfernt, aber manchmal verirrten sich Reisende in das, was wir als unser Gebiet betrachteten.

»Nein. Einer von uns.«

Zorn durchströmte mich. »Ein Werwolf?« Ich knurrte. In der Nähe hielt sich nur ein anderes Rudel auf, das Rudel des Roten Monds. Vor Jahren hatten wir gegen diese Wölfe gekämpft und uns unser Recht auf den Berg erstritten. Viel-

leicht war es an der Zeit, ihnen einen weiteren Besuch abzu-
statten und sie an unseren Anspruch zu erinnern.

»Ja, der Geruch hat zu einem Werwolf gehört«, antwortete Wulfgar vorsichtig. »Aber er hat nicht nach einem
natürlich Geborenen gerochen.«

Mir sträubten sich die Nackenhaare, und ich schnappte
nach Luft. »Nicht das Rudel des Roten Monds. Es sei denn,
die haben entschieden, ihre Ränge zu verunreinigen.« Bei
dem Ausdruck zogen sich meine Lippen zurück. Für das
Rote Rudel galten Berserker-Wölfe wie Samuel und ich und
unser gesamtes Rudel als aus Bösem entstandene Abscheu-
lichkeiten. Sie würden eher einen Menschen in ihr Rudel
aufnehmen als einen durch Magie erschaffenen Werwolf.

Ich wusste das, weil mein Vater einer von ihnen gewesen
war, bis sie ihn verstießen, weil ihm seine wahre Gefährtin,
eine Hexe, ein Kind gebar. Mich.

Nur in einem Punkt herrschte zwischen dem Roten
Rudel und mir Einigkeit: Berserker-Wölfe waren gefährlich.
Die Magie, die in unserem Blut floss, konnte Raserei herauf-
beschwören.

Ähnlich der Wut, die ich im Augenblick empfand. »Auf
dem Berg?«

»Nein. Ich habe ihn gewittert, als ich am Bach auf
Patrouille war. Fergus ist der Spur zum Rand unseres
Gebiets gefolgt.«

Das beruhigte mich ein wenig, dennoch blieben meine
Lippen von den Zähnen zurückgezogen, und ich spürte, wie
mich Energie durchströmte, die mich dazu anspornte,
loszurennen, zu jagen, anzugreifen.

Zu töten.

Wenn sich in der Vergangenheit ein Werwolf in unser
Gebiet gewagt hatte, ließ ich das Rudel Jagd auf ihn
machen und ihm eine Lektion erteilen. Mittlerweile

hatten sich die Dinge geändert. Ich hatte eine Frau zu beschützen. Kein Teil von mir, weder der Mensch noch die Bestie, würde es einer Bedrohung erlauben, weiterzuleben.

»Ich will, dass er gefunden und in die Grube geworfen wird. Gib mir Bescheid, wenn es erledigt ist.«

»Wie du wünschst, Beta.« Wulfgar hievte sich seine Axt auf die Schulter und rief über die Lichtung drei anderen Kriegern in Wolfsgestalt zu. »Patrouille. Sofort.«

Ärger? Ich schnappte den Widerhall von Samuels Stimme auf, die mich über unsere Verbindung erreichte, jene Magie, die es uns Wölfen ermöglichte, unseren Geist zu einen. In Augenblicken, in denen wir von starken Gefühlen durchströmt wurden, konnten wir einander so deutlich hören, als stünden wir Seite an Seite.

Nein.

Auf Samuels Seite der Verbindung herrschte Schweigen, doch er brachte nicht seine Macht als Alpha zum Einsatz, die jeden Wolf zwingen konnte, sich seinem Willen zu beugen.

Ein möglicher Eindringling. Ich habe Wölfe losgeschickt, die sich um ihn kümmern. Ich entsandte die Worte zu Samuels Geist zusammen mit einem flüchtigen Eindruck meiner Besorgnis.

Jedes Gefühl von Wut hielt ich dabei zurück. Als Alpha trug Samuel den Großteil der Berserker-Raserei in sich. Und wenn die Bestie die Herrschaft an sich riss, war er furchterregend, der Mächtigste von uns allen. Auf dem Schlachtfeld mochte das schön und gut sein, doch in Friedenszeiten wurde er dadurch am anfälligsten dafür, die Kontrolle zu verlieren, wenn sich der Makel der Magie in unserem Geist bemerkbar machte.

Ich stapfte um das Lagerfeuer, während ich darauf

wartete, dass sich meine aufgewühlten Empfindungen setzten.

Daegan von Alba, sprach Samuel meinen Namen aus und übermittelte mir einen Eindruck davon, wie er mich sah. Dunkelhaarig, mit drahtigen Muskeln unter den Fellen, die ich als Kleidung trug. Ein tüchtiger Krieger. Ich nahm einen leichten Tadel wahr, als verstünde er, warum ich mich fernhielt und ihn zu beschützen versuchte, als gefiele es ihm jedoch nicht.

Komm.

Ich möchte noch eine Weile warten. Ich will nicht verantwortlich sein, wenn du die Kontrolle verlierst, gab ich zurück.

Du bist ebenso wenig für meine Schwäche verantwortlich wie Brenna für meine Stärke.

Sie besänftigt die Bestie.

Aye. Samuel seufzte. *Aber vielleicht ist es an der Zeit, dass sie die Bestie kennenlernt.*

Unsere Unterhaltung setzte sich fort, als ich durch den aus dem Fels gehauenen Gang marschierte. Brenna die Bestie zu zeigen, konnte ihren Tod bedeuten. Aber wenn wir uns zurückhielten und die Kontrolle verlören, wäre es noch gefährlicher.

Erinnerst du dich daran, wie sie uns als Wölfen begegnet ist? Sie war zu Tode erschrocken. Ich werde nie den Ausdruck in ihrem Gesicht vergessen. Sie hätte sich lieber den Tod als uns in Wolfsgestalt gestellt. Wie viel mehr wird sie uns erst hassen, wenn sie dem Monster begegnet?

Sie hasst uns nicht, versicherte mir Samuel. *Sie akzeptiert unsere Wolfsgestalt. Sie wird auch die Bestie akzeptieren.*

Du hast mehr Vertrauen in sie als ich.

Mag sein.

»Ich hasse es, mit dir zu reden, wenn du so bist«, meinte ich mürrisch, als ich unsere Gemächer betrat. »Du bist so unerträglich ruhig. Seit du versuchst hast, Mönch zu werden, hast du immer diesen ärgerlichen Ton, wenn wir uns uneins sind. So verflucht vernünftig.«

»Nur mit Brot und Wasser in einem Kloster zu leben, allein mit meinen Gedanken und meinem Wahnsinn, hat mich den Wert von Vernunft gelehrt, wenn schon sonst nichts.«

»Ich dachte, du hättest das Dasein als Mönch gehasst.«

»Nicht genug, um zu meinem alten Namen zurückzukehren.« Vor seiner kurzen Bekehrung zum Weißen Christen war Samuel als Sigmund bekannt gewesen. Ein guter, starker nordischer Name. »Ich habe den Großteil eines Jahrhunderts als Sigmund verbracht und den Großteil eines anderen als Samuel.«

»Und was gefällt dir besser?« Ich war neugierig. Wir wichen vom dringenderen Thema ab, das Brenna und unsere künftige wahre Gefährtin betraf, und genehmigten uns einen Aufschub mit banaleren Dingen.

»Das spielt keine Rolle. Ich bin jetzt Samuel. Den früheren Wikinger gibt es nicht mehr.«

Er hatte recht. Abgesehen von seiner unheimlichen Tüchtigkeit im Kampf eignete sich Samuel vor allem durch seine Ruhe und Selbstbeherrschung als Anführer. Wulfgar besaß einige derselben Eigenschaften – die Macht der rasenden Bestie und die Gemütsruhe und Stärke, um sie im Zaum zu halten. Jammerschade, dass sich Siebold nichts von ihm abgeschaut hatte.

»Ich wünschte, der Wikinger« – ich spielte auf Siebold mit dessen Spitznamen an – »wäre weg. Wenn wir ihn Yseult anbieten ...«

»Nein.« Über so etwas würde Samuel nicht einmal scherzen.

Ich ging zur Liegestatt, schob einige der Felle beiseite und stellte fest, dass Brenna nicht darunter schlief.

»Wo ist sie?«

»In der Badekammer. Sie wäscht ihre Kleidung.«

»Allein?«

»Ein paar Minuten werden nicht schaden. Wenn du willst, lasse ich sie von Fergus bewachen. Das wäre eine gute Übung für ihn.« Samuel beobachtete, wie ich rastlos umherlief. »Wir können sie nicht ewig einsperren. So sehr ich das auch möchte.«

»Es ist gefährlich.«

»Sie muss das Rudel und unsere Lebensweise kennenlernen.«

»Sie dem Rudel auszusetzen, wird nicht helfen. Sie ist nicht unsere wahre Gefährtin.« Ich knurrte. »Selbst, wenn wir das gern hätten. Hast du die Worte der Hexe gehört?«

»Habe ich.« Samuel setzte sich auf die Liegestatt und stützte die Arme auf die Knie. So groß und breit wie er war, wirkte er neben den meisten Männern wie ein Hüne. Bezwingen konnte ihn allein die Raserei, die in ihm hauste.

Ich verspürte einen Anflug von Zorn. Durch die Worte der Hexe fühlte ich mich hilflos. Die Bestie hasste dieses Gefühl.

»Warum sollten die Runen lügen?« Ich trat gegen den Holzstapel, aus dem wir die Kohlenbecken schürten, und wünschte, er wäre ein Feind. Einen Moment lang rauschte der Blutdurst durch meine Ohren. »Wir brauchen sie. Wir können sie nicht gehen lassen, das weißt du.«

»Ja, das weiß ich.«

Als ich mir mit der Hand durchs Haar fuhr, spürte ich, wie meine Fingernägel zu Klauen wuchsen. Sie bohrten sich in meine Kopfhaut, und ich hielt inne, atmete tief durch. Starke Gefühlsanflüge kehrten die Bestie hervor. So nah bei Samuel musste ich mich besonders im Griff behalten.

»Verzeih mir, Alpha«, entschuldigte ich mich dafür, ihn gedemütigt zu haben. Samuel war der Stärkste von uns, und dass er trotzdem außerstande war, die Bestie zu kontrollieren, nagte an ihm. »Es ist nur so ... Bisher haben wir sie in der Höhle behalten, sie verhätschelt und umsorgt. Es mangelt ihr an nichts ... außer an Kontakt zur Welt draußen.« Der Wolf in mir winselte, freute sich über das Einverständnis, dass wir unsere Gefährtin beschützen und umsorgen mussten.

Nicht unsere Gefährtin, erinnerte ich ihn.

»Hat dir Yseult gesagt, wie viele Jahre uns noch bleiben, bis wir die Kontrolle verlieren?«

»Das hat sie nicht, wie du sehr wohl weißt. Verfluchte ...« Ich bemühte mich, mir eine schlimmere Beleidigung als »Hexe« einfallen zu lassen, was mir jedoch nicht gelang. »... Hexe.«

»Vermutlich haben die Runen das nicht offenbart.«

»Spielt es denn eine Rolle? Die Bestie übernimmt die Herrschaft schnell, das weißt du so gut wie ich. Wenn es soweit ist, müssen wir bereit sein, Brenna wegzuschicken.« Sonst würde sie sterben. Die Bestie erkannte frühere Geliebte nicht als Freunde an. Sie erkannte gar nichts an. Die Bestie kannte nur eins: Vernichtung. Sie war ein Zerstörer. Die Welt diente ihr lediglich als Nahrung für ihren gewalttätigen Hunger.

»Wäre es möglich ...«

»Nein.« Obwohl er mir ins Wort fiel, brachte ich den Gedanken zu Ende. »... dass sie dennoch unsere wahre Gefährtin ist?«

»Menschen können sich nicht mit Werwölfen paaren.«

»Und was genau haben wir dann die ganze Zeit mit ihr

gemacht?« Ich beäugte die Liegestatt, wo wir so viele Stunden damit verbracht hatten, uns mit unserer Geliebten zu vergnügen. Wir gingen so sanft mit ihr um, wie wir konnten, doch in der Hitze der Leidenschaft konnte nur zu leicht die Kontrolle entgleiten.

Eines Tages konnte ein solches Entgleiten ihr Leben beenden.

Meine düsteren Gedanken brachten mich derart zum Schaudern, dass ich zur Ablenkung alle Aufmerksamkeit auf Samuels Vortrag richtete.

»Eine wahre Gefährtin bedeutet dreierlei: Sie kann eine Bindung mit uns eingehen. Sie kann einen Paarungsbiss überleben. Und sie kann empfangen.«

»Und gebären.« Ich stürzte mich auf das Wort.

Samuel sah mich finster an. »Nichts davon darf geschehen. Wir werden es nicht zulassen.«

Förmlich nach Streit suchend begann ich: »Meine Mutter ...«

»War eine Hexe mit großer Magie.«

»Wie Yseult. Meine Mutter war auf ihre eigene Weise mächtig. Am Ende jedoch hat es nicht gereicht, um sie zu retten.« Meine Gedanken verfinsterten sich dermaßen, dass ich in Versuchung geriet, mich in den Wolf zu verwandeln und Reißaus zu nehmen. Zu einer nachmittäglichen Hetzjagd auf Kaninchen, um die Dinge wieder in die richtige Perspektive zu rücken. Vor allem, wenn darauf ein Abend mit Brenna folgen würde.

»Die Runen bestätigen nur, was ich schon vermutet habe. Brenna ist nicht unsere wahre Gefährtin. Sie kann keine Bindung mit uns eingehen. Sie kann einen Paarungsbiss nicht überleben.«

»Warum haben die Runen dann von uns gewollt, dass wir sie finden?«

Samuel seufzte, ein Laut, der von hundert Jahren Hoffnungslosigkeit zeugte. »Das weiß ich nicht.«

Ich setzte mich wieder in Bewegung, lief auf und ab. »Wenn wir versuchen, sie wegzuschicken, geht sie vielleicht nicht. Sie ist zu ehrenhaft.«

»Dann müssen wir sie verlassen, bevor wir die Kontrolle verlieren.« Samuels Züge versteinerten, und ich wusste, er brachte gerade seinen Wolf zum Schweigen. Mein eigener Wolf hätte beim Gedanken, wir könnten unsere Geliebte verlieren, am liebsten lauthals geheult.

»Je länger wir warten, desto wahrscheinlicher wird die Bestie obsiegen.« Nur ein Fehltritt wäre nötig, nur eine dunkle Nacht, in der die Bestie die Herrschaft erlangte, und das Undenkbare würde geschehen. Die Bestie kannte kein Erbarmen. Sie konnte durch kampferprobte Krieger fegen wie ein Sturmwind durch einen Wald. Was würde ein solcher Sturmwind bei einer zarten Blume anrichten?

Samuel holte tief Luft. »Wir müssen durchhalten, so lange wir können.«

»Du kannst nicht alles dir allein aufbürden.«

»Daegan ...«

»Nein, Samuel.«

»Ich bin der Alpha«, verkündete er knurrend, und mein Blick heftete sich angesichts seines strengen Tons instinktiv auf den Boden. Man konnte seine Stärke fühlen, er musste sie weder mir noch sonst jemandem zeigen. »Das Rudel ist nicht gefestigt.«

»Du bürdest dir zu viel auf.« Ich begegnete zwar nicht dem Blick des Alphas, doch mein Ton klang tadelnd. Von allen Mitgliedern des Rudels war ich der Einzige, der dem mächtigen blonden Krieger die Stirn bieten konnte. Das Rudel brauchte auch mich. Wenn der Alpha der Berserker-Raserei erläge, welche Chance hätte dann der Rest von uns?

Wir würden Samuels Führung folgen oder in Stücke gerissen werden.

»Wenn du dir zu viel des Makels auflastest, schwächt dich das.«

»Ich habe ihn schon so lange. Ich weiß, wie es ist«, erwiderte er heiser.

Ich nickte.

»Die anderen verdienen Erleichterung.«

»Und die werden sie bekommen. Unsere wahre Gefährtin wird für Ausgeglichenheit unter uns sorgen, und der Frieden wird sich auf das Rudel ausbreiten. Wir werden sie finden. Das müssen wir.«

Noch während er es aussprach, knurrte mein Wolf verzweifelt. *Brenna ist unsere wahre Gefährtin*, beharrte er.

Nein. Das ist nicht möglich.

»In der Zwischenzeit werden wir Brenna erlauben, die Höhle zusammen mit uns zu verlassen. Wir können sie nicht ewig verstecken.«

»Nein«, fauchte ich, ohne nachzudenken. »Das ist zu gefährlich.«

Samuel zog eine Augenbraue hoch. Vorsichtig senkte ich den Blick. »Alpha. Ich will nur auf die Gefahren hinweisen, die damit einhergehen, unsere Geliebte dem Rudel vorzustellen.«

»Es kann den anderen nur guttun, sie zu sehen. Auch wenn wir sie nicht als wahre Gefährtin für uns beanspruchen können, wird ihnen ihre Anwesenheit Hoffnung verleihen.«

Sagen konnte ich darauf nichts, also beschwor ich die Magie herbei und verwandelte mich. Die Welt löste sich auf, verschwamm und zeichnete sich dann mit eindringlichen, farbenfrohen Gerüchen wieder scharf ab. Der stärkste Geruch ging von Samuel aus – ein blauer, rot und schwarz geränderter Nebel. Wehmut, gefärbt von Verzweiflung.

»Es gefällt mir ebenso wenig wie dir«, räumte Samuel ein. »Wir werden die ganze Zeit an ihrer Seite sein.«

Als Wolf richtete ich einen verletzten Blick auf meinen Alpha und vermittelte ohne Worte, dass ich wünschte, wir könnten unsere Geliebte für immer wohlbehalten in der Höhle bei uns behalten.

Samuel nickte traurig. »Das wünschte ich auch.«

EINE KURZE HETZJAGD auf Kaninchen tat mir gut. Ich wusch mich in einem Gebirgsbach und verwandelte mich zurück. Als ich in unsere Unterkunft zurückkehrte, war auch Brenna mit dem Waschen fertig. Ihr Gewand und einige Felle lagen zum Trocknen auf den Steinen, und sie selbst hatte sich nackt in das Becken begeben.

Ich stand in der Kammer der heißen Quellen und beobachtete sie beim Baden. Das Wasser in der Höhle stellte den Grund dar, warum wir diesen Berg zu unserer Heimat auserkoren hatten. Das Wasser sowie die Kammern und Tunnel, die vor langer Zeit von Zwergen erschaffen worden waren.

Das Wasser schwappte gegen Brennas nach wie vor gerötete Pobacken. Ich bewunderte die Anmut ihrer schlichten Bewegungen. Vom ersten Tag an, nachdem wir sie hergebracht hatten, strahlte sie die Erhabenheit und Eleganz einer Königin aus.

Als ich ihr lang genug zugesehen hatte, setzte ich mich in Bewegung und steuerte ins Wasser. Sie erschrak und wirbelte herum, als hätte sie mich vergessen. Ich grinste und winkte ihr zu, um herauszufinden, ob sie mir das Versohlen ihres Hinterns bereits vergeben hatte.

Ihre Lippen verzogen sich verächtlich. Sie drehte sich weg, kehrte mir den Rücken zu.

Schmunzelnd ließ ich mich auf einem Stein nieder und genoss die Aussicht. Sie konnte nicht ewig im Wasser bleiben.

Als sie zu Ende gebadet hatte, rief ich ihr zu: »Komm heraus, Mädchen. Ich habe ein Geschenk für dich.«

Argwöhnisch näherte sie sich mir, und mich fesselte der Kontrast zwischen ihrer blassen Haut und ihren dunklen, einnehmenden Rehaugen. Ich konnte dem Drang nicht widerstehen, sie in meine Arme zu ziehen, ihr einen Kuss auf die kalten Lippen zu drücken und das Haar vom weißen Gewebe an ihrem Hals zurückzustreichen. Sogar die Narben empfand ich als bezaubernd, weil sie einen Teil von ihr darstellten.

Ich zeigte ihr mein Friedensangebot: ein Tuch voll Beeren, die ich gepflückt hatte. Damit errang ich zwar ein Lächeln, aber sie faltete das Tuch wieder zusammen und legte es auf den Stein beiseite. Meine Herzensdame ergriff meine Hand und zog mich auf die Beine. Dann hob sie die Arme und betastete meine Gesichtszüge, meine Nase, meine Wangen, meine Stirn. Ich wusste, was sie sah: einen Mann ungewissen Alters mit dunklen Haaren und hellen Augen, die golden leuchteten, wenn ihn die Magie überkam. Jahre eines harten Lebens hatten meine Züge grobknochig und kantig werden lassen, aber die Magie ließ uns einerseits rasch heilen und verlängerte andererseits unser Leben. Trotz all ihrer Fehler sorgte die Bestie dafür, dass wir jung blieben.

»Samuel möchte, dass du das Rudel kennenlernst«, teilte

ich ihr mit. »Wir haben vor, dich morgen nach draußen zu führen.«

Ich ließ zu, dass sie mir die Sorgenfalten von der Stirn strich. Der Wolf seufzte zufrieden.

»Ich will dich dem nicht aussetzen, Brenna. Ich halte es für nicht ungefährlich. Wir sind nicht ...« Ich hatte Mühe, die richtigen Worte zu finden, um es ihr zu erklären. »Wir sind nicht ungefährlich.«

Sie berührte mich weiter. Ihre Finger fuhren meine Brauen nach.

Ich schloss die Augen und stellte fest, wie nah am Rand ich die letzten Stunden gewandelt war, während ich darauf gewartet hatte, ob sie mich akzeptieren oder verschmähen würde. Ihre Finger streichelten beruhigend meine Stirn und meine Wangen, zeichneten zarte Linien über meine Brust. Jeder Muskel in meinem Körper entspannte sich.

Der Wolf schlief ein.

3

Am nächsten Tag half ich ihr, ihre einzige verbliebene Gunna anzulegen und in dicke Lederstiefel zu schlüpfen. »Samuel verlangt, dass du mit dem Rudel isst. Du bleibst dabei ständig dicht bei mir oder ihm und lässt den Blick zu Boden gerichtet.«

Ich überprüfte den Wendelring um ihren Hals. »Das zeigt zwar an, dass du zu uns gehörst«, teilte ich ihr mit, »aber es bietet nur eingeschränkt Schutz.«

Ihre Finger strichen über den silbernen Kragen, und ich verspürte einen Anflug von beschützerischem Stolz. Spontan küsste ich Brenna, bevor ich ihr Handgelenk ergriff. »Komm, Mädchen.«

Ich führte sie aus der Höhle und hielt am Eingang inne.

»Denk an die Regeln. Sieh niemandem im Rudel direkt in die Augen. Der Wolf betrachtet das als Herausforderung.«

Sie legte die Stirn in Falten.

»Ich mein's ernst, Mädchen. Das ist ein schweres Vergehen. Lass die Augen nach unten gerichtet und bleib dicht bei mir.«

Die Falten auf ihrer Stirn verschwanden nicht, dennoch trat sie näher zu mir und richtete den Blick auf den Fels zu meinen Füßen.

»Braves Mädchen.«

Ich kämpfte gegen meine Vorbehalte an, als wir die Lichtung betraten. Samuel hatte allen Mitgliedern des Rudels aufgetragen, für diesen Probebesuch in Menschengestalt zu bleiben. Unsere Wolfsgestalten würden Brenna an den Angriff auf sie erinnern. Daher starrten uns zwanzig Männer an, als sie Brennas Geruch witterten. Das restliche Dutzend befand sich auf Patrouille oder auf der Jagd.

Brenna setzte dazu an, aufzuschauen, und ich erinnerte sie leise: »Augen.«

Als wir hinaus unter freien Himmel traten, schlug ihr Herz schneller, und in ihren Geruch mischte sich Nervenanspannung, wodurch die Männer sie nur umso eindringlicher anstarrten. Das Einzige, was sie noch verlockender fanden als eine wunderschöne, bibbernde Frau, war ihre Angst. Die Empfindung schrie förmlich: *Beute.*

Brennas furchtsamer Geruch schmeckte köstlich. Ich bezweifelte, dass wir es bis zur Mitte der Lichtung schaffen würden, ohne dass ein Berserker versuchte, ein Stück aus ihr herauszubeißen, wenn es so weiterginge.

Ich ergriff Brennas Handgelenk und zog sie näher zu mir.

»Ganz ruhig, Liebste«, raunte ich ihr leise zu. »Ich werde nicht zulassen, dass dir ein Leid geschieht.« Über Brennas Kopf hinweg warf ich den anderen finstere Blicke zu. Einige der Männer senkten unterwürfig die Häupter.

Samuel betrat die Lichtung, abgesehen von einem Lendenschurz nackt. Als sein Blick über die Versammelten wanderte, achteten die anderen Krieger darauf, kein offensichtliches Interesse an der Frau des Alphas zu bekunden.

Stattdessen schürten sie wieder das Feuer, bereiteten einen großen Spieß für das Fleisch vor oder schärften Waffen. Alle außer Fergus, der ein Wolf blieb und den Kopf einzog, als Brenna und ich ihn passierten. Sofern Brenna den Wolf mit dem rotbraunen Fell als den jungen Rotschopf erkannte, der auf sie zugestürmt war, ließ sie es sich nicht anmerken.

Samuel winkte uns zu sich hinüber. Er saß wie ein König auf einem Thron auf einem großen Stein. Ich breitete ein Fell zu seinen Füßen aus und forderte Brenna auf, sich neben ihn zu setzen. Er beugte sich vor und legte ihr eine Hand auf den Nacken.

Sobald das Fleisch gegart war, bot ich Samuel das beste Stück an. Er schnitt es mit dem Messer auf und fütterte unsere Geliebte Bröckchen für Bröckchen damit. Ihre Wangen färbten sich verführerisch rosa, aber sie verweigerte nichts, was er ihr anbot.

Samuel oder ich achteten darauf, sie regelmäßig zu berühren. Wir versuchten praktisch ständig, Körperkontakt mit ihr aufrechtzuerhalten. Um unseren Anspruch auf sie zu verdeutlichen. Um dem Rudel zu zeigen, dass sie sich zu benehmen wusste.

Sie hielt den Blick zu Boden gerichtet, sogar, als die Krieger mit ihrem Lieblingsspiel begannen und ihre Äxte auf einen Baumstamm warfen, den Wulfgar den Berg heraufgeschleppt hatte. Siebold ließ Fergus, den Kleinsten und Schwächsten des Rudels, die Äxte einsammeln. Samuel gestattete diesen Wettstreit der Dominanz, wenngleich er ihn aufmerksam im Auge behielt.

In Wolfsgestalt brachte Fergus eine Axt zurück und legte sie zu Siebolds Füßen ab. Er trottete gerade zurück zum Ziel, als dieselbe Axt, die er geholt hatte, an ihm vorbeisauste und nur knapp seinen Schwanz verfehlte.

Mit einem spitzen Winseln rannte Fergus weg.

Siebold lachte, bis ihn ein kleiner Speer mit einer Metallspitze an der Schulter streifte. Empört sah er den Werfer der Waffe an. Wulfgar stand mit vor der Brust verschränkten Armen und stockfinsterem Blick da. Siebold belegte den vierten Rang der Rudelhierarchie und hatte durchaus schon versucht, den dritten Rang zu erobern. Wulfgar hatte den blonden Krieger mehr als einmal besiegt.

Zähneknirschend zog Siebold die Speerspitze aus seinem Fleisch. Blut spritzte aus der Wunde auf seine nackten Muskeln. Er ließ Wulfgar nicht aus den Augen.

Wulfgar knurrte herausfordernd.

Neben mir atmete Brenna scharf ein.

Der Bann war gebrochen: Siebold sah unsere Geliebte mit goldenen, leuchtenden Augen an.

Zu spät erkannte ich, dass Brenna den blonden Krieger anstarrte. Ich drückte ihren Kopf nach unten.

Nach wie vor wütend trat Siebold einen Schritt auf Brenna zu. Samuel war blitzschnell auf den Beinen und stimmte ein Gebrüll an, das den gesamten Berg erschütterte. Die Hälfte des Rudels ließ sich auf alle viere fallen und fing an, sich zu verwandeln. Ich zog Brenna mit einem Arm schützend um ihren Hals auf die Beine. Sie umklammerte meinen Unterarm, drehte den Kopf zu meiner Brust und presste die Augen zu.

Das war eine sehr schlechte Idee.

Samuel knurrte dem Rudel entgegen. Wenn er jetzt die Kontrolle verlöre ...

Das Glück traf in Form eines kleinen roten Wolfs ein. Fergus kam zurück auf die Lichtung gerannt und verkündete Neuigkeiten.

Ein Eindringling ... am Fuß des Bergs.

Die ohnehin bereits vorhandene Anspannung steigerte sich und wogte durch das Rudel. Die Krieger erhoben sich im Einklang. Diejenigen in Menschengestalt schnappten sich Waffen, diejenigen in Wolfsgestalt warteten auf den Befehl ihres Alphas.

»Wulfgar, Siebold, zu mir.« Samuels Augen funkelten golden. Ich spürte seine Wut. Die Bestie hämmerte an die Mauer der Kontrolle, die Samuel ständig aufrechterhielt.

Samuel, vielleicht sollte lieber ich gehen, vermittelte ich ihm über die Bruderverbindung. Er richtete seinen wutentbrannten Blick auf mich, und ich senkte angesichts seiner Veranschaulichung von Macht das Haupt.

»Bring sie hinein«, befahl er. *Bevor der Eindringling ihren Geruch aufschnappt.*

»Komm mit, Brenna.« Ich verfluchte mich, als ich sie mit mir zog. Ihr erstes Mal beim Rudel, und schon forderte sie erst Siebold heraus und erregte dann die Aufmerksamkeit eines Eindringlings. Schlimmer hätte der Ausflug unserem Quartier kaum verlaufen können.

Am Eingang zur Höhle zog Brenna an meiner Hand und zwang mich, sie anzusehen. Sie legte eine Hand auf meinen Arm, das Gesicht zu einem besorgten Ausdruck verzogen.

»Ihm passiert nichts, Mädchen. Heb dir deine Sorge lieber für den Eindringling auf. Der bekommt es nämlich mit dem Zorn des Alphas zu tun.« Sie nickte und nahm bereitwillig einen Kuss von mir an, obwohl sie nach wie vor beunruhigt wirkte. »Glaubst du wirklich, Samuel könnte verletzt werden?«, zog ich sie auf. »Hab ein wenig mehr Vertrauen in deine Berserker-Gefährten.« Das Wort »Gefährten« glitt mir von der Zunge, bevor ich es zurückhalten konnte.

Wir befanden uns auf halbem Weg zu unseren Gemächern, als ich die Geräusche einer Verfolgung wahrnahm. Ich wirbelte herum und schob Brenna gleichzeitig hinter mich.

Der kleine rote Wolf, der hinter uns herschlich, winselte entschuldigend.

»Ach, es ist nur Fergus.«

Fergus ließ zu meinen Füßen einen Lederbeutel fallen.

»Ich danke dir«, sagte ich zu dem kleinen Wolf. Fergus bleckte die Zähne zu einem breiten Grinsen, bevor er davonsprang. Ich öffnete den Beutel und grinste ebenfalls, als ich den kleinen Gegenstand aus poliertem Holz darin erblickte. »Endlich etwas Gutes an diesem lausigen Tag.« Sowohl Brenna als auch ich brauchten eine Ablenkung, und nun hatte ich eine. Ich ergriff Brennas Hand und zog sie mit mir zur Badekammer, um unserer neues Spielzeug auszuprobieren.

»Sag, Brenna, was hältst du von diesem jüngsten Besuch des Rudels?«, fragte ich, sobald wir das Badebecken erreicht hatten.

Sie presste die Lippen aufeinander. Bei ihrem ersten Anblick des Rudels hätte sie sich beinah den Berg hinuntergestürzt.

»Du hast dich gut angestellt – bis zu den Moment, als du Siebold angestarrt hast. Sag mir die Wahrheit: Hast du ihm in die Augen geblickt?«

Brenna verschränkte die Arme vor der Brust, bevor sie nickte.

»Das dachte ich mir. So gern ich dieser Memme eine Abreibung verpassen würde, Regeln sind Regeln. Wulfgar oder ein anderer Wolf würde dir ein solches Verhalten vielleicht durchgehen lassen, aber Siebold wird Bestrafung verlangen.«

Beruhigend fuhr ich ihr mit der Hand über den steifen Rücken.

»Hab keine Angst. Du wirst dich schon bald an unsere Lebensweise gewöhnen.« Ich drückte durch ihr Kleid ihre Pobacke. »Ich will dir so bald nach dem letzten Versohlen deines Hinterns nicht schon wieder den Allerwertesten wärmen. Aber ich habe eine kleine Erinnerung für dich, damit du unsere Befehle künftig befolgst.« Ich trat einen Schritt zurück. »Zieh dich aus.« Zur Betonung versetzte ich ihr einen Klaps auf den Po, bevor ich alles Nötige holte, um sie zu rasieren.

Nackt ging Brenna vor mir auf dem Stein in Stellung, legte sich mit angewinkelten Knien und den Füßen flach auf dem Boden in Stellung.

Ich ließ mich vor ihr nieder, fuhr mit einem Finger ihre rosa Schamlippen entlang und genoss sowohl den Anblick als auch das Gefühl des leichten Flaums in ihren unteren Gefilden. Sie zu rasieren, war in der Regel meine Aufgabe und Freude, und mittlerweile hatte sich Brenna daran gewöhnt. Sowohl Samuel als auch ich liebten das Gefühl ihrer seidigen Haut.

»Beine weit auseinander«, befahl ich, obwohl sie die Schenkel bereits weit genug gespreizt hatte. Mit einem Seufzen gehorchte sie und wartete ruhig darauf, dass ich anfing. Zwar schlang sie die Finger ineinander, abgesehen davon jedoch ließ sie kein Anzeichen von Beunruhigung erkennen.

Mit großer Sorgfalt schliff ich die Klinge. Ich ließ mir Zeit dabei, Brennas pralle Lippen einzuölen, indem ich mit einem Daumen an ihnen entlang auf und ab fuhr, bis sich ihre Atmung beschleunigte. Ihr Hintern wetzte auf dem Stein hin und her, bis ich sie kniff. »Halt still, Mädchen.«

Ich hörte sie über meinem Kopf schnauben und senkte

das Haupt, um mein Grinsen zu verbergen. Ihre Spalte rötete sich, ihre kleine Lustknospe richtete sich auf, bereit für meine Zuwendungen, sobald ich meine Aufgabe abgeschlossen hätte.

Als sie rundum glatt war, fuhr ich mit den öligen Händen ihre Schenkel entlang. Die Beine hatte sie sich zuvor selbst rasiert, und ich schwelgte im Gefühl ihrer weichen Haut, massierte sie und versah sie vom Fußgelenk bis zum Knie mit Küssen.

Brenna spreizte die Schenkel noch weiter, als wollte sie mich einladen, ihrer Leibesmitte mehr Aufmerksamkeit zu widmen. Nach dem Rasieren brachte ich sie normalerweise zu ein, zwei Höhepunkten.

Brenna schaute enttäuscht drein, als ich mich aufrichtete und neben sie setzte.

»Hast du gut gemacht. Fast fertig. Komm, leg dich über meinen Schoß, sei ein braves Mädchen.«

Eifrig setzte sie sich in Bewegung. Zweifellos hoffte sie auf eine Belohnung.

Ich überprüfte ihre unteren Lippen, spielte mit ihnen, bis ich spürte, dass ihr Herz schneller schlug, dann ließ ich die Finger höher zu ihrer Poritze wandern. Ich drückte und teilte oft ihre Hinterbacken und reizte ihre hintere Öffnung. Sie ließ es zu, weil sie wohl davon ausging, dass ich bloß Freude an ihrem Allerwertesten hatte.

Heute würde ich ihn noch ein wenig mehr genießen. Heute wartete ein kleiner Holzstöpsel auf einem Tuch neben ihr auf seinen Einsatz. Geschnitzt und auf Hochglanz poliert würde er prächtig zwischen ihren herrlichen Pobacken aussehen. Mit genug Öl würde er mühelos in ihren Hintereingang gleiten.

Nachdem ich einige Minuten ihre unteren Backen massiert hatte, ölte ich den kleinen Holzgegenstand ordentlich ein und setzte das schmalere Ende an ihrer dunklen Pforte an.

Schlagartig spannte sich ihr Körper an.

»Schhh, ruhig. Braves Mädchen.«

Sie wand sich, und ich klatschte ihr auf den Po.

»Halt still. Du hast doch nicht etwa gedacht, du würdest mit deinem Verhalten von vorhin ungestraft davonkommen, oder? Wann immer du gegen die Regeln verstößt, bezahlt dein Hintern auf die eine oder andere Weise den Preis dafür. Du wirst den Stöpsel jetzt tragen und das nächste Mal, wenn wir hinaus zum Rudel gehen. Und eines Tages wirst du gedehnt genug sein, dass Samuel und ich dich zusammen nehmen können.

Atme tief durch, Mädchen. Das ist nur eine Erinnerung für dich und eine Belohnung für Samuel.«

Und für mich, fügte ich in Gedanken hinzu.

Nach einem kurzen, unbehaglichen Zucken ließ sie mich ihr Poloch versiegeln. Mein bestes Stück versteifte sich beim Anblick des tief in ihr versenkten Holzstücks. »Gut gemacht, Brenna.«

Ich untersuchte ihre unteren Lippen und hielt ihr meine Finger vors Gesicht. »Wie vermutet. Es hat dir besser gefallen, als du zugibst.«

Sie setzte sich wieder zur Wehr, und ich klemmte ihre Beine unter meinen Oberschenkel. »Jetzt zu deiner Belohnung.«

Meine Finger rieben ihre kleine Knospe, bis sie sich aus einem völlig anderen Grund wand und dabei keuchte. Wieder und wieder trieb ich sie knapp vor den Höhepunkt und hielt inne, bevor sie ihn erreichte. Jedes Mal, wenn ich eine Pause einlegte, drehte ich den Stöpsel, um sie an Bewegung in ihrem süßen Hintereingang zu gewöhnen. So, wie sie nach Luft schnappte und wie ihre Hüften zuckten, war es ihr gar nicht so sehr zuwider.

Schließlich massierte ich ihr Liebesknöspchen. »Komm, Brenna.«

Nachdem sie schaudernd den Höhepunkt erreicht hatte, half ich ihr auf.

»Das hast du gut gemacht«, lobte ich sie. »Du erfreust mich.«

Ich drehte sie um und überprüfte den Stöpsel. Beim Anblick des zwischen ihren Backen hervorlugenden Holzes wurde ich steif. Es saß tief genug in ihr, um ihre Hinterpforte zu dehnen.

»Das wirst du als Erinnerung daran tragen, dass du uns gehörst.« Ich packte mit festem Griff ihren Hintern und klatschte darauf, bevor ich sie verließ, um das Rasierzeug zu verstauen.

»Samuel wird bald zurückkehren. Bis dahin suchen wir uns eine Möglichkeit, uns den restlichen Nachmittag zu vertreiben.«

Ich drehte mich gerade rechtzeitig um und sah, wie der Stöpsel durch die Luft ins Wasser segelte und mit einem Platschen darin verschwand.

»Brenna.« Mit Müh und Not gelang es mir, einen strengen Ton aufrechtzuerhalten.

Sie drehte sich mir zu, das Kinn hoch erhoben, die Arme vor der Brust verschränkt. Sogar nackt und gerötet von unserem Spiel wirkte sie stolz wie eine Königin.

Ich marschierte an ihr vorbei und versetzte ihr im Vorübergehen einen kräftigen Klaps auf den Hintern. Sie zuckte zwar zusammen, änderte aber nicht ihre Haltung. »Böses, böses Mädchen. Jetzt musst du bestraft werden. Samuel wird bald zurück sein und dich mit hochrotem Hintern vorfinden.«

Nachdem ich einige Minuten lang im Becken gesucht

hatte, gab ich es angewidert auf. Brenna wich zurück, als ich aus dem Wasser watete, aber ihre wenigen Schritte konnten mit meiner Geschwindigkeit nicht mithalten, und im Nu hatte ich sie über meiner Schulter. »Fergus hat diesen Stöpsel für dich geschnitzt. Glaubst du, er kann keinen weiteren anfertigen?«

Ich trug sie in unsere Schlafkammer und legte sie auf die Liegestatt. »Bleib.«

Gleich darauf war ich mit einem langen Streifen Stoff in der Hand wieder an ihrer Seite. Ich fesselte ihre Handgelenke, hob ihr die Arme über den Kopf und sicherte sie am Sockel der Liegestatt. Vorausschauend hatten wir daran einen Eisenring angebracht. Bisher hatte sich Brenna als gefügig erwiesen, und es hatte keinen Grund gegeben, sie zu fesseln.

Bis jetzt.

Ich zerzauste mir das nasse Haar, damit es schneller trocknete, und grinste auf sie hinab. »Normalerweise würde ich auf Samuels Rückkehr warten und dann über eine geeignete Bestrafung entscheiden, aber er ist verhindert. Also werden wir uns allein vergnügen müssen, bis er zurückkommt.«

Argwöhnisch beobachtete mich Brenna, als ich zu ihren Füßen in Stellung ging.

»Mach die Beine breit, Mädchen, oder ich fessle sie gespreizt.«

Ihre Atmung beschleunigte sich, als sie sich meinem Blick offenbarte. Der feine Duft ihres Verlangens wehte mir entgegen, und ich schnupperte übertrieben. Als sie dabei errötete, wackelte ich mit den Augenbrauen. Gefesselt zu sein, schien sie zu erregen.

Ich verlor keine Zeit, stülpte den Mund direkt auf ihre Mitte und wärmte jeden süßen Zentimeter mit meinem heißen Atem. Sie wölbte den Körper durch, hob die Hüften so an, dass ihre Scham gegen meine Lippen presste. Damit hatte sie nicht gerechnet, und sie wollte es nützen.

Mein Kopf bewegte sich hin und her, als ich die Zunge in gleitenden Kreisen um ihre pralle Liebesperle wandern ließ. Norden, Osten, Süden, Westen, überallhin außer an die eine Stelle, an der sich Brenna danach sehnte.

Ihre zuckenden Hüften bettelten um mehr. Ihre Säfte rannen in die Ritze zwischen ihren Pobacken. Ich tauchte einen Finger in die seidige Ausscheidungen, bevor ich damit behutsam ihre Hinterpforte betastete. Plötzlich krümmte sie sich und wollte rückwärts wegkrabbeln.

Ich packte ihre Fußgelenke und zog sie zurück zu mir.

»Nein, nein, Mädchen. Es gibt mehr als eine Möglichkeit, dich darauf vorzubereiten, uns da hinten aufzunehmen. Und es wird dir gefallen.«

Ich klatschte ihr gerade fest genug auf die Spalte, um Brenna nach Luft schnappen zu lassen. Ihre Lider flatterten vor verdutzter Lust. Ich wiederholte es, dann wechselte ich Schläge mit aufreizendem Reiben ab.

Während ich ihre Beine gespreizt hielt, huldigte ich weiter dem Schrein ihrer feuchten Weiblichkeit und genoss, wie ihre Lippen unter den Zuwendungen meiner Zunge praller wurden. Ich tauchte tiefer und wackelte mit der Spitze in ihrer triefenden Pforte, bevor ich eine Spur nach unten zwischen ihre Pobacken zog. Diesmal ertastete meine Zunge ihren Hintereingang.

Zunächst leistete sie Scheinwiderstand, doch die Gegenwehr legte sich rasch, als meine Finger ihre Schamlippen streichelten. Wieder krümmte sie sich, als ich den Daumen über ihre pralle Liebesknospe kreisen ließ. Meine Zunge zwängte sich in den engen Ringmuskel. So rammelte ich sie gleichzeitig mit der Zunge in den Po und bereitete ihr mit der Hand Vergnügen. Ihre Beine lagen über meinen Schultern, als ich tiefer in ihr winziges Loch vorstieß. Ihr Oberkörper verrenkte sich, aber die Fesseln an ihren Handgelenken hielten sie fest. Ich war gnadenlos. Ihre Füße klatschten auf meinen Rücken, als sie sich krümmte.

Brenna kam so heftig, dass ihr gesamter Körper erbebte.

»Noch ein paar Mal so, und du wirst allein durch einen Finger im Arsch kommen.« Ich schob den kleinen Finger in ihre hintere Öffnung und drehte ihn herum. Ein Schauder durchlief sie, aber ihre Züge blieben wohlig entspannt.

»Wir werden jeden Teil von dir beanspruchen. Schon bald«, fügte ich hinzu und senkte den Kopf zu einer weiteren Runde.

4

Stunden später erreichte mich Samuel über unsere Verbindung. *Daegan?*

Ich bin hier. Ich erhob mich von der Liegestatt. *Gute Jagd?*

Aye. Wir haben den Eindringling gefunden. Er ist in der Grube.

Ich lächelte über das geistige Bild der Lichtung am Fuß des Bergs, in deren Mitte ein tiefes Loch klaffte. Wölfe hielten rings um das Gelände Wache.

Wir lassen ihn ein paar Tage da drin, bevor wir ihn verhören.

Meine Aufmerksamkeit schwenkte zu Brenna, die aus ihrem Nickerchen erwacht war. Ich hatte den Nachmittag damit verbracht, sie zu verwöhnen, bevor ich sie für den Verlust des Stöpsels ordentlich übers Knie gelegt hatte. Danach hatte ich sie genommen, bis sie mit mir in ihr gekommen war, und wir hatten uns zusammengekuschelt und geschlafen.

Im Augenblick beobachtete sie mich aufmerksam, achtete auf meine plötzliche Stille. Ihr entging nicht viel. Obwohl sie keine Stimme besaß, um Fragen zu stellen, hatte ich das Gefühl, dass sie alle unsere Geheimnisse kannte.

»Samuel ist zurück. Er freut sich bereits darauf, dich zu sehen.«

Sie griff nach ihrem Kleid. Ich riss es an mich und hielt es von ihr weg. »Findest du, dass du dir heute Kleidung verdient hast? Unartige Mädchen stellen sich in die Ecke und zeigen ihren roten Hintern.«

Mit einem Seufzen zog sie die Hand zurück.

Ich entsandte die Sinne über unsere gedankliche Verbindung zu Samuel und vergewisserte mich, dass er bald zurück sein würde.

Statt Brenna in die Ecke zu stellen, platzierte ich sie auf der Liegestatt, ließ sie knien und den Kopf auf die Arme senken. Ihr Hinterteil wies zum Eingang, ein Leckerbissen als Begrüßung für Samuel.

Als der Alpha eintraf, hielt er an der Schwelle inne. Der Blick seiner goldenen Augen wirkte wild und grausam. Ich hielt den Atem an. Brenna auch.

Wer war dominanter – der Krieger oder der Wolf?

Samuel stapfte vorwärts und umkreiste die Liegestatt wie ein Raubtier auf der Jagd. Brenna verharrte wie erstarrt. Der Alpha fuhr mit einem Finger ihren Rücken hinunter. Trotz seiner zarten Berührung durchlief ein Schauder ihren Körper. Ihre Haut schien zu kribbeln – vor Magie, Erwartung oder beidem.

»Spreiz die Beine.« Samuels Stimme klang rau, als hätte er vergessen, wie man sie benutzte.

Brenna gehorchte mit dem Kopf nach wie vor auf den Fellen.

Samuel untersuchte sie, packte ihre Hinterbacken und zog sie auseinander. Die Hände unserer Geliebten krallten sich in die Felle, aber sie rührte sich nicht.

»Du hast den Stöpsel benutzt.«

»Aye.«

Samuel sah mich an. Seine Hände zwängten nach wie vor Brennas Hinterbacken auseinander. »Wie ist es gelaufen?«

»Ich habe mich abgewandt, und Brenna ... hat ihn verloren.«

Hinter Brenna kniend ergriff Samuel eine Strähne des Haars unserer Geliebten, wickelte sie um sein Handgelenk und zog daran, bis sie den Rücken durchwölbte und den Kopf in den Nacken legte. Dabei murmelte er immer wieder ihren Namen. »Brenna, Brenna, Brenna. Wie soll ich mir deinen Hintern vorknöpfen, wenn er nicht gedehnt ist, um mich aufzunehmen?«

Ihr Körper beugte sich durch, um den Zug auf ihr Haar zu verringern. Ich beobachtete das schnelle Pochen ihres Herzschlags am Hals.

Plötzlich ließ Samuel sie los, und ihr Kopf fiel zurück auf die Felle. Er packte sie an den Hüften, zog ihren Hintern bündig an sich und streichelte mit seiner Härte ihre Falten. Ihre Atmung veränderte sich, wurde abgehackt.

»Nächstes Mal«, sagte Samuel knurrend, »werde ich nicht warten. Du solltest Daegan besser erlauben, dich vorzubereiten. Denn ich habe vor, mir zu nehmen, was mir gehört. Und das hier« – sein Hand klatschte kräftig auf ihren Hintern – »gehört mir.«

Mit einer jähen Bewegung bedeckte Samuel sie mit seinem Körper, drückte sie vollständig auf die Felle nieder. Eine Hand beließ er auf ihrem Nacken, mit der anderen führte er sich in sie ein. Brenna lag auf dem Bauch, fixiert und hilflos. Mit den Beinen so dicht beisammen würde sich ihr Lustkanal noch enger anfühlen. Meine Hoden zogen sich in freudiger Erwartung einer so süßen Vereinigung zusammen.

Ich massierte mich, während ich beobachtete, wie Brennas bereitwilliger Körper unter den wilden Stößen des Alphas erzitterte. Den Moment, in dem sie den Höhepunkt erreichte, bemerkte ich daran, wie sie sich auf den Fellen hin und her warf. Ihre Fäuste öffneten und schlossen sich. Samuel beschleunigte den Takt. Seine Hüften klatschten gegen ihre.

Ich achtete aufmerksam auf Brennas Gesicht, während Visionen durch meinen Geist blitzten. Die Geschwindigkeit des Wolfs auf der Jagd. Brenna mit rot gepeitschtem Rücken. Das Verlangen nach Gewalt durchströmte mich und verschlug mir den Atem.

Samuel schrie auf.

Ich konnte mich nicht zurückhalten und verausgabte mich auf den Stein. Dann riss ich mich von der Wand los und fragte mich, was ich gesehen hatte. Auf der Liegestatt sackte Samuel über unserer Geliebten zusammen und drückte sie an sich.

Ich löste mich von dem Anblick, verließ die Höhle und trat den Weg den Berg hinunter an.

NACH EINER WEILE ERKANNTE ICH, dass meine Hände zitterten. Ich blieb stehen. Der Wolf verhielt sich still. Die Bestie wirkte neugierig, aufmerksam, lauernd. Was hatte ich gesehen?

Meine Mutter war eine Yseult an Macht ebenbürtige Hexe gewesen. Doch statt nach einem Werwolf zu suchen, den sie versklaven konnte, hatte sich meine Mutter in einen verliebt. Mein Vater schlief mit ihr, und sie gebar ihm einen

Sohn. Mich. Aber das Rudel meines Vaters hatte meiner Hexenmutter nie vertraut. Weil die Mitglieder des Rudels meines Vaters fürchteten, sie könnte die Rudelbindungen für ihre Zwecke missbrauchen, rissen sie ihr die Kehle heraus. Mich schaffte mein Vater heimlich weg und stellte mich dem Rudel erst später vor. Aber da war es bereits zu spät. Ich war nicht nur ein Werwolf. Ich war ein Berserker – von einer Hexe geboren, verunreinigt von Magie. Die Macht, die durch meine Adern strömte, entstammte einer Mischung der Kräfte meiner Mutter und meines Vaters. Zusammen hatten sie ein Monster erschaffen.

Trotz all meiner Kräfte – der Fähigkeit zur Verwandlung, zur Raserei, zur gedanklichen Verbindung mit meinem Alpha und meinem Rudel – hatte ich noch nie zuvor eine Vision erlebt. Ein Teil davon lag in der Vergangenheit, davon war ich überzeugt. Ein anderer Teil in der Zukunft. Jedes Bild schien ein Zeichen für etwas zu sein, das kommen würde – doch wenn sie alle Wirklichkeit wurden, was würde dann geschehen?

Die Götter verfluchend hetzte ich den Gebirgspfad hinunter. Ohne Erklärung würde mich die Vision nur qualvoll heimsuchen. Zum Glück hatte ich einen Gefangenen, an dem ich meinen Zorn auslassen konnte.

Wulfgar kam mir am Fuß des Bergs entgegen. Der Krieger schnupperte die Luft, und ein Grinsen trat in seine zerklüfteten Züge.

Ich roch nach Sex.

Fluchend schlug ich einen Umweg zu einem Bach ein, um mir den Geruch meiner Geliebten vom Leib zu waschen. Wulfgar folgte mir schmunzelnd. »Wie ist es gelaufen? Hat sie sich gegen die Aufnahme des Stöpsels gewehrt?«

Am liebsten hätte ich ihn knurrend angeherrscht, dass ihn das nichts anging, doch ich bemerkte die Sehnsucht in seinen Augen. Wulfgar war schon genauso lang allein, wie es Samuel gewesen war. Und er war ein treuer Krieger. Er verdiente einige Einzelheiten, aber nicht genug, um ihn zu quälen.

»Es hat ihr nicht gefallen.«

»Nein?«

»Sie hat ihn in das Becken ausgestoßen.«

Wulfgars grölendes Gelächter hallte von den Felswänden wider.

»Fergus und ich haben eine Wette darauf abgeschlossen, was passieren würde.« Der Krieger schüttelte den rasierten Kopf. »Der kleine rote Wolf hatte recht.«

Es ließ sich nicht vermeiden, dass unser Rudel über unsere Holde sprach, auch wenn es mir nicht gefiel. Nachdem ich den Kopf in den eiskalten Wasserfall getaucht hatte, verließ ich den Bach. »Wie geht es dem Gefangenen?«

»Sitzt immer noch in der Grube fest. Ich lasse ihn bewachen.«

»Ich wollte nach ihm sehen, mich vergewissern, dass er nicht stirbt, bevor wir Antworten aus ihm herausbekommen.«

Wulfgar nickte verstehend. In der Regel hob sich das Rudel die Grausamkeit für das Schlachtfeld auf, allerdings lag es lange zurück, dass zuletzt ein Krieg für Zerstreuung gesorgt hatte.

Ich beschleunigte die Schritte zu der Lichtung, auf der wir die Grube ausgehoben hatten. Wulfgar folgte mir.

»Die Wachen haben die Anweisung, nicht mit dem Gefangenen in Kontakt zu treten.«

»Wer ist er?«

»Keine Ahnung. Aber er ist ein prächtiger schwarzer Wolf. Hat uns lang an der Nase herumgeführt, bis wir ihn in die Enge und hierher treiben konnten.«

Wir gelangten auf die Lichtung, wo Krieger die Grube umringten. Wenige Schritte entfernt brannte ein Feuer. Der Geruch von bratendem Fleisch stellte für einen ausgehungerten Gefangenen eine eigene Art von Folter dar.

Alle Wachmänner außer einem traten beiseite. Siebold stand mit dem Rücken zu uns, während er in das klaffende, dunkle Loch in der Erde pinkelte.

»Siebold«, herrschte ihn Wulfgar an. »Du hast dienstfrei.«

Der Blonde schleuderte ihm einen wutentbrannten Blick zu und spuckte in die Grube, bevor er von dannen zog.

Ich nahm Siebolds Platz ein und spähte in das tiefschwarze Loch. Wir hatten drei Tage gegraben und die lotrechten Seiten so gestaltet, dass ein Kerker entstanden war, dem selbst ein Berserker nicht entfliehen könnte. Sollte Mann oder Bestie versuchen, herauszuklettern, würde die Grube einstürzen und den Gefangenen unter sich begraben.

»Licht.« Gebieterisch hob ich die Hand, und Wulfgar reichte mit eine am nahen Feuer angezündete Fackel. »Wer hat Speere hinuntergeworfen?«

Als niemand etwas erwiderte, wusste ich die Antwort.

»Das muss Siebold gewesen sein, während ich weg war. Dieser maushirnige Rüpel.« Wulfgar schnaubte die Beleidigung mit tiefer Verachtung. »Ich werde ihm und den anderen befehlen, sich unter allen Umständen von der Grube fernzuhalten.«

»Glaubst du, der Gefangene kann die Speere so weit werfen?« Ich gab die Fackel zurück. Der Gefangene war aus den tiefen Schatten in den kleinen Kreis des Sonnenlichts getreten, das den Boden der Grube erreichte.

»Erscheint mir besser, kein Wagnis einzugehen. Ich weiß nicht, wozu dieser Krieger in der Lage ist. Er ist in seiner Wolfsgestalt.«

Vor meinen Augen verwandelte sich der schwarze Wolf in einen Mann. »Nicht mehr.«

Der Krieger besaß schwarzes Haar und mächtige, blau tätowierte Schultern. Ich hatte schon einige Krieger mit solchen Zeichen gesehen. Er warf den Kopf hin und her, als er die Magie der Verwandlung abschüttelte. »Ist das die Begrüßung, die ich vom Berserker-Rudel erhalte?«

»Wir halten nicht viel von Fremden auf unserem Berg«, rief ich hinunter.

Der Krieger grinste. Für einen Gefangenen in einer tiefen Grube stand er ziemlich stolz und großspurig da. »Eurem Berg? Ich dachte, in den nördlichen Landen wären alle Berserker von einer Hexe verwandelt worden. Du klingst, als wärst du aus Alba.«

»Ich wurde hier geboren, aye.« Es störte mich nicht weiter, einem wandelnden Toten Einzelheiten preiszugeben. »Wer bist du?«

»Man nennt mich Maddox. Ich stamme von einem Clan nicht weit von hier.«

»Das Rote Rudel?«

»Nein.« Er grinste. »Wir sind auch Berserker.«

Ein kalter Schauder lief mir über den Rücken. Abgesehen von unserem Rudel gab es keine anderen Berserker-Wölfe. Ich nahm mir einen Moment Zeit und übermittelte Maddox' Behauptung an Samuel. Maddox beobachtete mich mit einem verhaltenen Lächeln, als wüsste er genau, warum ich verstummte.

Er behauptet, ein Berserker zu sein.

Unmöglich. Es sei denn ...

»Wer ist dein Alpha?«, fragte ich den Gefangenen.

»Ragnvald.«

Ein nordischer Name. Kein Wunder, dass dieser Maddox unsere Geschichte kannte. Ragnvald war höchstwahrscheinlich ein Wikinger-Berserker wie Samuel, Siebold, Wulfgar und der Großteil des Rudels – abgesehen von Fergus und mir.

»Frag Sigmund, ob er jetzt mit mir spricht.«

»Hier gibt es keinen Sigmund«, stellte ich den Wolf auf die Probe.

Maddox stimmte schallendes Gelächter an. »Sigmund war Samuels Name, bevor er das Gelübde abgelegt hat, dem Weißen Christen zu folgen. Der Name hat sich gehalten, auch wenn dasselbe nicht für seinen Glauben gilt.«

Er weiß Bescheid. Als ich es Samuel übermittelte, spürte ich einen kribbelnden Anflug von Beklommenheit.

Maddox lächelte, zeigte dabei sämtliche Zähne. »Ragnvald hat es mir erzählt.«

»Und woher kennt er Samuel?«

»Weil Ragnvald der Sohn von Bodolf ist. Und Bodolf war einst Samuels Alpha.«

5

»Es gibt ein anderes Rudel Berserker.« Ich stürmte in unsere Gemächer, wo Samuel auf der Liegestatt saß, die Ellbogen auf die Knie gestützt, einen nachdenklichen Ausdruck im Gesicht. »Wie kann das sein?«

Der Alpha legte einen Finger an die Lippen und blickte auf Brenna hinab. Unsere Frau schlief, ausgelaugt von unseren körperlichen Ertüchtigungen und ihren zahlreichen Höhepunkten.

»Die Hexe hat mehrere Dutzend von uns verwandelt«, sagte Samuel. »Bodolf hat uns angeführt, bis wir nach Osten auf diese Insel gesegelt sind. Ein Kontingent hat mir unterstanden, Bodolf und seinem Sohn ein anderes. Ich habe nicht gewusst, was aus ihnen geworden ist. Ich dachte, die wären umgekommen.«

»Offensichtlich gilt das nur für Bodolf. Sein Sohn lebt und will sich in unserer Nähe niederlassen. Wer weiß, wie viele Krieger er anführt.«

»Dieser Maddox ... ist er wie du, Daegan? Geboren von einer Hexe? Ist er so zum Berserker-Makel gekommen?«

»Ich weiß es nicht.« Vor meinem geistigen Auge sah ich

den tätowierten Gefangenen vor mir, wie er aus der Grube zu mir heraufgrinste. Wie Siebold hätte ich ihm am liebsten ins Gesicht gepisst. »Er ist nicht aus Alba.«

Samuel rieb sich das Kinn. »Die Tätowierungen, die du beschreibst, erinnern mich an Krieger, die von einer Insel weiter östlich stammen.«

»Ich weiß nur, dass er ein Berserker ist. Und er will mit dir reden.«

Stimmen aus dem Gang unterbrachen uns.

»Ja?«, rief Samuel.

Fergus schlurfte herein, den Blick zu Boden gerichtet. Da seine Bestrafung geendet hatte, durfte er sich wieder in Menschengestalt verwandeln, doch er achtete sorgfältig auf Unterwürfigkeit gegenüber dem Alpha. Unruhig trat er von einem Fuß auf den anderen.

»Berichte«, befahl ich.

»Wir sind gerufen worden. Zum Thing. Ein Bote hat mich am äußersten Rand meiner Runde aufgesucht.«

Ein weiterer Besucher in so kurzer Zeit. Das gefiel mir nicht.

»Wer?«, fragte Samuel.

»Einer vom Roten Rudel. Er wollte mir weder seinen Namen verraten noch nah herankommen.« Fergus ließ ein Lächeln aufblitzen, obwohl er den Blick nicht vom Steinboden hob. Auch als Kümmerling unseres Rudels war er stärker und schneller als die meisten anderen Werwölfe. Er war so lang herumgeschubst worden, dass es befriedigend für ihn sein würde, ausnahmsweise seinerseits jemanden einschüchtern zu können.

»Wann will sich das Rote Rudel treffen?«

»Nicht diesen Vollmond, sondern nächsten«, antwortete Fergus, und damit entließ ihn Samuel.

»Zweifellos will das Rote Rudel, dass wir uns der neuen Berserker annehmen.«

»Natürlich. Wenn wir gegen sie kämpfen, sind wir uns vermutlich so ebenbürtig, dass wir beide eine große Zahl unserer Wölfe verlieren würden.«

»Darauf kann das Rote Rudel nur hoffen.«

»Also gehst du hin?«

»Nein. Du gehst hin.«

Ich spannte den Körper an. »Ist das klug?«

»Bei dir kann ich mich drauf verlassen, dass du nicht die Beherrschung verlierst.« Er erhob sich. »Komm mit. Ich habe einen Krieger gerufen, der unsere Geliebte bewacht. Wir unterhalten uns zusammen mit diesem Maddox.«

WULFGAR UND FERGUS hielten am Fuß des Bergs Wache.

»Gehe ich recht in der Annahme, dass alle im Rudel über unsere Einladung zum Thing Bescheid wissen?«

Fergus besaß so viel Anstand, verlegen dreinzuschauen.

Ich klopfte dem kleineren Krieger auf die Schulter. »Sei nicht zerknirscht. Deine lose Zunge können wir gebrauchen, wenn du mich zum Thing begleitest.«

»Bist du sicher?«, fragte Wulfgar. Der starre Blicke, den er auf mich heftete, vermittelte deutlich, dass er nicht infrage stellte, ob es klug war, Fergus zu schicken, sondern mich.

»Mein Alpha hat es befohlen. Das Rote Rudel wird mich nicht noch einmal überrumpeln.«

Wulfgar legte die Stirn in Falten. »Ich mache mir keine Sorgen darüber, ob du auf dich aufpassen kannst. Ich frage mich eher, ob sie es können.«

»Das werden wir dann herausfinden.« Ich bedachte ihn

mit einem breiten Grinsen. Mit dem Roten Rudel hatte ich noch eine Rechnung zu begleichen. Wulfgar und alle anderen wussten das. Aber die Roten wollten unsere Teilnahme, und Samuel war sich nicht mehr sicher, ob er umgeben von so vielen möglichen Feinden vernünftig bleiben könnte, also würde ich hingehen. Wir konnten nur hoffen, dass meine eigene Selbstbeherrschung nicht in die Brüche gehen würde. Die Bestie liebte Vergeltung.

Wir erreichten die Grube. Mit einer Geste forderte Samuel uns alle auf, zurückzubleiben. Nur er trat vor und spähte zu dem Mann hinab.

Ich bewegte mich so nah hin, wie ich konnte, ohne den Befehl meines Alphas zu missachten. Wenn ihn die Begegnung aufregte und Samuels Bestie hervorbräche, wäre ich nah genug, um etwas zu tun. Sogar sterben.

»Maddox. Ich bin Samuel, der einst Sigmund hieß. Sprich.«

»Alpha.« Wenigstens der Ton des Gefangenen war respektvoll. »Ragnvald Bodolfs Sohn schickt dir Grüße.«

»Es ist lange her, dass ich diesen Namen zuletzt gehört habe. Ich frage mich, warum ich ihn jetzt wieder höre.«

»Ragnvald hat jahrzehntelang nach dir gesucht. Er weiß, dass du das Rudel seines Vaters Bodolf verlassen und die Alpha-Verbindung durchtrennt hast. Er möchte Frieden schließen.«

»Indem er dich als Eindringling in unser Gebiet schickt?«

»Ich bin ein Berserker. Ich fürchte niemanden.«

»Vielleicht solltest du das, Maddox von Ragnvalds Clan. Sag, woher stammst du?«

»Ériu«, nannte Maddox eine Insel östlich von uns. »Ich wurde von einer Hexe mit der Berserker-Raserei verflucht. Ich bin hergekommen, um für einen König zu kämpfen, und Ragnvald hat mich gefunden. Er hat mir beigebracht, meine Bestie zu bändigen.«

»Und was ist mit Ragnvald selbst? Beherrscht er die Bestie, oder beherrscht die Bestie ihn?«

Maddox' Schweigen verriet uns die Antwort.

»Wie lange ist es her, dass Ragnvald die Kontrolle verloren hat?« Samuels Stimme klang trügerisch freundlich.

»Drei Monde. Seither hat Ragnvald auch die Oberhand zurückerlangt, aber ...«

»Aber er wird sie wieder verlieren. Es ist nur eine Frage der Zeit. Sein Vater ist der Raserei erlegen.«

»Ragnvald hat ihn getötet.«

»Ich habe mich schon gefragt, was aus Bodolf geworden ist. Und jetzt ...« Samuels Ton wurde härter. »Jetzt kommst du zu mir und bittest mich, Ragnvald zu retten? Mit dem Wissen, wie gefährlich es für einen Alpha ist, einen anderen zu bezwingen? Hast du wirklich gedacht, ich würde mein Leben und die geistige Gesundheit meines Rudels für einen Krieger aufs Spiel setzen, dem ich vor langer Zeit den Rücken zugekehrt habe?«

»Ich hatte gehofft, du würdest dich an ihn als einen Bruder erinnern.«

»Nein«, antwortete Samuel und entsandte die Sinne zu mir. Ich trat vor, stellte mich neben meinen Alpha und blickte stirnrunzelnd auf den Gefangenen hinab. »Daegan ist mein Bruder. Ragnvald und ich waren bestenfalls Rivalen. Überrascht mich, dass er dir das nicht gesagt hat.«

»Das hat er.« Maddox stand mit strammem Rücken da, die tätowierten Schultern gestrafft, als würde er in einen Kampf schreiten, statt hilflos vom Boden einer Grube zu seinen Häschern emporzuschauen. »Ich habe gehofft, die Jahrhunderte würden dich milder gestimmt haben.«

»Ich bin ein Berserker. Wir werden nicht schwach.«

»Die Bestie schwächt die Stärksten von uns. Ich habe es miterlebt. Ein großer Krieger, Anführer, Freund ... geifert jetzt wie ein Hund. Ich halte ihn angekettet in einer Höhle, abseits des Rudels. Verirrt sich einer der anderen zu ihm oder reißt er sich los und macht Jagd auf uns, würde eine Verbindung zu seinem Geist reichen, um uns alle in Wahnsinn zu stürzen.« Nackte Angst huschte über Maddox' Züge.

Ich musste Samuels Gedanken nicht hören, um zu wissen, was mein Alpha tun wollte. Ragnvald zu retten, würde ihn befriedigen, und sei es nur, weil der Krieger dann in seiner Schuld stünde. Darüber hinaus würde es Samuel freuen, eine Verbindung zu seiner Vergangenheit aufrechtzuerhalten. Und in ihm steckte sogar ein Teil, der das Leben eines Mannes einfach nur retten wollte, ohne Hintergedanken.

Ich spürte, wie sich Samuel gegen Maddox' Bitte abhärtete. In diesem Moment bewies mein Alpha, warum er ein wahrer Anführer war.

»Es tut mir leid«, entschuldigte sich Samuel. »Du hast für deinen Kriegerbruder ehrenwert gehandelt.«

»Aber du wirst nicht helfen.«

»Ich kann nicht. Wenn du lang genug auf Erden wandelst, um Ragnvald zu überleben und Alpha zu werden, wirst du es verstehen. Ich setze nicht viele für einen aufs Spiel.« Damit wandten sich sowohl Samuel als auch ich von der Grube ab.

Maddox rief uns mit brüchiger Stimme hinterher. »Wir haben in unserem Rudel einen Wolf, der Runen liest. Er hat uns gesagt, dass hier eine Frau für uns ist.«

Jäh hielt ich inne, und Samuel packte mich an der Schulter, um zu verhindern, dass ich zurückrannte und von Maddox mehr zu erfahren verlangte.

Könnte Brenna die Gefährtin für diese anderen Wölfe sein?

Nein. Das ist nicht möglich. Das lassen wir nicht zu.

»Ich weiß, du hast ein Geheimnis«, fügte Maddox hinzu. »Ich rieche sie an dir.«

Verärgerung schlug in mir in Furcht um.

Beherrsch dich, befahl mir Samuel. *Er weiß nicht, wer sie für uns ist.*

Mit einem Handzeichen befahl Samuel uns alle von der Grube weg. Maddox brüllte weiter.

»Ich weiß, dass sie nicht bloß eine Dirne ist, die ihr aus dem Dorf geholt habt. Ragnvald hat von ihr geträumt – unserer *Völva*. Du musst mich mit ihr reden lassen!«

Samuel wirbelte herum, bevor ich ihn aufhalten konnte, und er raste selbst zurück zum Rand der Grube. »Das Einzige, was ich tun muss, ist zu entscheiden, ob ich diese Grube mit einem Stein bedecken lassen soll oder nicht. Der Regen wird dir eine Gnade sein, bis dich der Hunger bei lebendigem Leib auffrisst. Sei still, oder ich befehle dem Rudel, diese Grube mit einem Felsblock zu bedecken, und du siehst nie wieder die Sonne.«

Ich spürte, wie die Wut des Alphas anschwoll, wie sich der Makel ausbreitete und den Wolf zum Verstummen brachte, seine Menschlichkeit verschlang, bis nur noch die Bestie verblieb ...

Samuel, presste ich erstickt hervor. *Übergib mir deine Wut.*

Der Alpha brüllte.

Ich verwandelte mich und rannte, rannte, rannte. Samuels Druckwelle der Macht überwältigte mich, und ich spürte, wie sich meine Wolfspersönlichkeit – die Nägel wurden länger, der Körper verformte sich – so veränderte, dass ich weder Mensch noch Wolf wurde, sondern etwas anderes.

»Was ist die Bestie?«, hatte Yseult uns einmal gefragt. »Mensch oder Wolf?«

»Weder noch«, hatte ich geantwortet. Von Samuel war gleichzeitig gekommen: »Beides. Die Intensität des Wolfs und die Grausamkeit des Menschen.«

»Was entsteht aus einer solchen Vereinigung?«,

»*Ragnarök*«, hatte Samuel erwidert. »Das Ende von Welten.«

Das Ende meiner Welt, dachte ich, bevor die Bestie meinen Verstand überwältigte.

6

Ich erwachte inmitten eines Kreises der Verheerung. Aus dem Boden gerissene Jungbäume und Büsche. Von mächtigen Klauen aufgewühlte Erde. Meine Hände wiesen von getrocknetem Blut verkrustete Wunden auf. Durch die Magie heilte ich schnell, dennoch schmerzte es.

Neben mir befand sich der Kadaver eines Hirschs, eines riesigen Tiers mit einem mächtigen Geweih. Unzählige Speere wären nötig gewesen, um ihn zu Fall zu bringen. Der Kopf lag abgetrennt mehrere Schritte vom Körper entfernt. Die verstreuten Eingeweide bildeten ein schauerliches Festmahl für die Raben.

Ich stand auf und dehnte die schmerzenden Muskeln. Der Hirsch war nicht mein einziges Opfer. Auch die Kadaver kleinerer Tiere übersäten den Boden. Nager, Spatzen, sogar Käfer – nichts hatte den Sog der Berserker-Raserei überlebt. Die Erde stank nach unreiner Magie.

Wenigstens lebte ich noch. Samuel hatte mir einmal von einem Berserker erzählt, der sich nach einer großen Schlacht das eigene Herz aus dem Leib gerissen hatte.

Andere hatten sich das Fleisch mit Messern zerschnitten.
Was hatte ich sonst noch getan?

Vom Berg fehlte jede Spur. Ich war meilenweit gerannt.
Zum Glück konnte ich der Spur der Bestie mühelos folgen.

Ich trat den Weg nach Hause an, jedoch mit zögerlichen
Schritten. Wenn uns die Bestie überkam, raubte sie uns das
Augenlicht, die Sicht, den Verstand. Unsere Frau würde das
niemals überleben. Unsere einzige Hoffnung bestünde
darin, ihr fernzubleiben. Es wäre besser, wenn ich nie
zurückkehrte.

Hör auf mit solchen Gedanken, befahl mir Samuel. *Komm
nach Hause. Du fehlst ihr.*

Ich gehorchte. Und hatte keine Ahnung, wie Samuel so
ruhig bleiben konnte. Für ihn verkörperte Brenna die letzte
Hoffnung eines Sterbenden.

Und seine Kontrolle musste perfekt sein.

Gegen Einbruch der Dämmerung schleppte ich mich
den Berg hinauf. Samuel erwartete mich am Eingang der
Höhle.

»Wie lange war ich weg?«

»Drei Tage. Es tut mir leid«, entschuldigte er sich, bevor
er davoneilte. Er würde einen Tag abseits des Bergs verbringen, teils zur Buße, teils, um Abstand zwischen sich und der
unter all meiner Selbstbeherrschung schwelenden Raserei
zu bringen.

Ich fand Brenna in einer Kammer, die wir ihr für sie
allein überlassen hatten. Wer immer diese Räume vor
langer Zeit aus dem Fels gehauen hatte, diejenigen hatten
einen gewitzten Weg gefunden, von draußen Luft und Licht
hereinzulassen. Brennas Kämmerchen bot vom späten
Vormittag bis zum Nachmittag einen Fleck Sonnenlicht.
Außerdem blieb es darin wärmer als in anderen Räumen,
abgesehen von der Höhle mit den heißen Quellen.

Mit leisen Schritten bewegte ich mich über den Felsboden. Unsere Geliebte kniete über einem Beet mit Erde, das wir für sie angelegt hatten, und kümmerte sich um ihren Garten. Ich hätte nie für möglich gehalten, dass Blumen in einer Höhle wachsen könnten, doch Brenna wäre wahrscheinlich sogar in der Lage gewesen, sie dem Stein selbst zu entlocken.

»Hallo, Kleines.«

Beim Klang meiner Stimme erschrak sie, dann noch einmal, als sie mich erblickte. Ich musste schlimmer aussehen, als ich mich fühlte, denn sie eilte an meine Seite, schlang mir einen Arm um die Schultern und führte mich zur Badekammer. Dort wusch sie sich die Hände, bevor sie meine ergriff und mich in das Becken geleitete.

Das Pochen in meinem Schädel wurde mir erst bewusst, als sie mit den Fingern durch mein Haar strich. Mit geschlossenen Augen stand ich da, während sie ein Tuch einseifte und meine müden Muskeln damit abrieb. Als sie mich bat, unterzutauchen, kam ich ihrer Aufforderung nach. Als ich mich aus dem Wasser aufrichtete, fühlte ich mich wie ein neuer Mensch.

»Brenna.« Nur zu gern hätte ich sie berührt, aber ich hatte das Gefühl, sie nicht zu verdienen. Ich streckte ihr die Hände entgegen und überlegte, wie ich es ihr erklären sollte, überlegte, wie viel Samuel ihr wohl anvertraut hatte.

Sie kam erst einen Schritt auf mich zu, dann noch einen. Ich gelangte zu dem Schluss, dass es keine Rolle spielte. Auch wenn wir versuchten, ein Geheimnis vor ihr zu bewahren, wusste sie irgendwie Bescheid. Ihre Hände ergriffen die meinen.

Da verlor ich die Selbstbeherrschung. Ich zog sie in meine Arme, und sie ließ es zu, ließ mich ihren weichen, geschmeidigen Körper fühlen. Ihre Finger tänzelten zart über meine Kieferpartie und erinnerten mich daran, dass ich behutsam sein musste. Meine eigenen Finger krallten sich in ihr Haar und zogen ihren Kopf für einen Kuss zurück. Ich eroberte ihren Mund, bis meine Bartstoppeln ihre Wangen wund gekratzt hatten.

Dann hob ich sie hoch und lief mit ihr zu unseren Gemächern. Nach der Berserker-Raserei hatte ich auf dem kalten Waldboden gelegen. Nun wollte ich Brenna auf den weichen Fellen. Solche einfachen Freuden erinnerten mich an meine Menschlichkeit.

In ihren Armen würde mir wieder einfallen, wer ich war. Mir würde wieder einfallen, wer ich immer noch sein konnte.

In unseren Gemächern setzte ich Brenna ab und lehnte sie mit dem Rücken an die Liegestatt. Bereitwillig legte sie sich hin und spreizte die Beine.

Brennas Kleid war nass, also zog ich es ihr aus. In meiner Hast zerriss ich den Stoff. »Tut mir leid, Mädchen. Ich kaufe dir ein anderes. Ich kaufe dir gleich hundert, damit du immer genug übrig hast, wenn ich dir wieder eines vom Leib reiße.«

Mein Kopf senkte sich zu ihrem Busen. Der Körper unserer Geliebten wölbte und verrenkte sich wie ein wogendes Meer unter meinem forschenden Mund. Ihre Atmung wurde rauer, als ich mich tiefer vorarbeitete, ihre geheimsten Stellen aufspürte und sie mit der Zunge erkundete. Ihr leises Japsen erfüllte die Kammer.

»Du hast mir gefehlt, Brenna.« Ein Kuss auf ihr Fußgelenk, und schon knabberte ich mich wieder hoch zu ihrer Mitte. Brenna lag erschlafft da, bereits von einem Orgasmus befriedigt. »Ich brauche dich. Ich will deinen Geruch überall am Körper haben.« Mit den Worten rieb ich das Gesicht an ihren Schamfalten und hielt sie an den Hüften fest, als sie sich mir entwinden wollte. »Ein Schnuppern an mir, und das Rudel wird wissen, dass ich dir gehöre.« Brennas Körper erzitterte unter mir, als die Ekstase durch sie brandete. Sie krümmte und wand sich noch immer, als ich sie herumdrehte und in sie eindrang. »Davon bekomme ich nie genug. Niemals, niemals.« Stöhnend wiegte ich mich in ihr vor und zurück. Sie war feucht und bereit. Ihre Säfte flossen in Strömen über meine harte Männlichkeit. Kurz zog ich mich aus ihr zurück und hielt inne, bevor ich mich wieder in sie rammte. Ihr Körper rutschte auf den Fellen nach vorn. Das wiederholte ich drei weitere Male, bevor sie sich auf die Hände und Knie rappelte. Sie krallte die Fäuste in die Felle und stemmte sich gegen mich zurück. Wir arbeiteten rhythmisch zusammen. Unsere Hüften klatschten aufeinander, und ich spürte, wie sich meine Hoden bei dem Geräusch zusammenzogen.

»Du wirst alles nehmen, was ich dir gebe.« Damit schob ich den Körper nach vorn und drückte den ihren flach auf die Felle. Sie erstarrte, als mein Mund die empfindliche Stelle zwischen ihrem Hals und ihrer Schulter fand.

Zeichne sie, forderte mein Wolf knurrend. *Erhebe Anspruch auf sie. Auf unsere Gefährtin.* In meinem Schädel explodierten Schmerzen, als ich gegen den Drang ankämpfte, zuzubeißen.

Brenna kauerte unter mir, den Kopf unterwürfig nach vorn gebeugt. Bei ihrem Anblick, ihrem dunklen Haar, der seidigen Wölbung ihrer Schulter lief mir das Wasser im Mund zusammen.

»Nein«, stieß ich hervor und richtete mich mit einem Ruck auf. Brenna schaute besorgt zu mir zurück.

Hinter mir spürte ich Samuels Gegenwart.

»Hast du dich noch im Griff?«

Fluchend erhob ich mich mit schmerzlich harter

Mannespracht. Eher würde ich mir die eigene Brust aufrei-
ßen, als mich so zu verleugnen.

»Geh«, forderte mich Samuel auf. »Bekomm die Bestie
unter Kontrolle.«

»Das ist nicht die Bestie«, stieß ich atemlos hervor. »Der
Wolf will sie kennzeichnen.« Mir wurde bewusst, dass wir
laut sprachen, und ich bedeckte den Mund mit der Hand.

Was ging bloß vor sich? Ihre Gegenwart stellte unsere
Kontrolle einerseits wieder her und raubte sie uns andererseits. Würde es je wieder sicher sein, mit ihr zu schlafen?

Brenna saß da und beobachtete uns, abgesehen von
ihrem langen, dunklen Haar splitterfasernackt. Schließlich
erhob sie sich und tappte auf uns zu.

»Nein.« Ich streckte die Hand aus, um sie aufzuhalten.
Sie achtete nicht darauf und schmiegte sich an meinen
Körper. Diesmal suchte ihr Mund den meinen, bevor er sich
nach unten zu meinem Hals und meiner Brust vorarbeitete.
Ich ballte die Hände zu Fäusten, als sich ungeahnte Erregung durch mich ausbreitete. Ihre Zähne streiften mein
Schlüsselbein. Scharf atmete ich ein. Mehr als alles andere
wünschte ich mir, dass sie zubiss und Anspruch auf mich
erhob. Ein Paarungsbiss von einer Menschenfrau. Was
würde das bedeuten?

Stattdessen küsste sie sich weiter meinen Körper hinab
und sank dabei auf die Knie. Als sie die Stelle zwischen
meiner Männlichkeit und meinen Beinen liebkoste, krallten
sich meine Finger in ihr dichtes Haar.

Samuel setzte sich in Bewegung, und ich knurrte, ohne
den Blick von Brenna abzuwenden. Sie kniete sich vor mich,
neigte den Kopf zurück, entblößte den Hals und schaute mit
reinem Verlangen in den Augen zu mir auf.

Meine Finger lockerten den Griff um ihr Haar gerade
genug, dass sie sich vorbeugen und mich in den Mund

nehmen konnte. Ich behielt zwar die Hand an ihrem Kopf, aber sie konnte sich ungehindert bewegen, leckte meinen Schaft auf und ab, bevor sie ihn im Rachen aufnahm.

Um ein Haar wären meine Knie eingeknickt. Ich zog Brennas Kopf zurück und benutzte ihr Haar, um sie auf die Beine zu ziehen. Samuel trat dicht zu ihr, stützte unsere Geliebte, als ich sie in meine Arme hob und auf meinen harten Knüppel setzte. Ihre Arme schlangen sich um meine Schultern, während ich ihre Hüften hob und senkte, mich tiefer und tiefer in sie schob. Samuel rückte näher. Sein Blick begegnete dem meinen.

Du kannst ihren Hintern nehmen.

Samuel nickte.

Jetzt, Bruder.

Ich bemerkte den Moment, in dem sich sein Finger in den engen Hintereingang unserer Geliebten schob. Mit meiner Männlichkeit in ihr und dem Eindringen in ihr jungfräuliches Loch bäumte sie sich wild auf. Ihre Fingernägel krallten sich in meinen Rücken, als der Höhepunkt sie erfasste.

Ich selbst kam mit einem Aufschrei. Letztlich endete ich auf den Knien, und Brennas Körper, den ich eng umschlungen hielt, schauderte noch.

Samuel stand neben uns und wischte sich mit einem zufriedenen Lächeln im Gesicht die Hand an einem Lappen ab.

DIE NÄCHSTEN TAGE und Nächte trieb ich es und schlief, wachte in Brennas Armen auf und begann damit von vorn. Samuel brachte uns Essen und wachte über uns, genehmigte sich jedoch kein eigenes Vergnügen. So bestand für ihn keine Gefahr, dass er in den Klauen der Leidenschaft die Kontrolle verlieren könnte, zugleich stellte es für ihn seine Art der Buße dar.

Ich selbst fand in Brennas Armen Erlösung. Als ich die Höhle eines Nachts verließ, verspürte ich Frieden, wo zuvor Raserei gewütet hatte.

Der Mond stand hoch am Himmel, als ich unsere Gemächer und unsere Geliebte auf den Fellen schlafend hinter mir ließ.

Samuel fand ich in der Nähe der Grube des Gefangenen. Auf seinen Befehl hin hatte das Rudel das Feuer gelöscht. Der Alpha kauerte unweit der verkohlten Reste. Er richtete sich auf, als er mich erblickte, dann gab er mir zu verstehen, dass wir uns von der Grube fernhalten sollten. Falls Maddox uns hörte, rief er nicht nach uns oder bettelte um Gnade. Ich fragte mich, ob jemand daran gedacht hatte, ihm etwas zu essen zu geben.

Schweigend erklommen Samuel und ich den Berg, bis wir das in silbriges Licht getünchte Tal überblicken konnten. Der Alpha entließ den Späher und wartete, bis der Krieger außer Hörweite getrottet war, bevor er dessen Platz auf dem Aussichtsstein einnahm. Ich lehnte mich dagegen.

Samuel brach das Schweigen als Erster. »Erinnerst du dich an den Tag, an dem uns die Hexe gesagt hat, es gäbe eine Frau für uns?«

»Aye.« Ich ließ den Kopf gegen den Felsblock zurücksinken. Samuel war damals kaum noch menschlich gewesen. Seine Kontrolle hatte an einem seidenen Faden gehangen. Er war nicht einmal in der Lage gewesen, sich nach Belieben in den Wolf zu verwandeln – was ich vor dem Rest unseres Rudels geheim gehalten hatte. Noch ein weiterer Mond, und ich hätte Samuel mit List und Tücke in die Grube gelockt, um die von ihm ausgehende Bedrohung einzukerkern, ähnlich wie Maddox, der seinen Alpha in einer Höhle angekettet hatte.

»Yseult hat so selbstgefällig gewirkt. Ich konnte kaum glauben, dass sie die Wahrheit sagt.«

»Und dann ist dir das Dorf eingefallen, durch das du gekommen warst. Das Dorf mit der dunkelhaarigen Frau, groß und bezaubernd und mit einem Kopftuch um den Hals.« Ich trat einen Schritt von dem Felsblock weg und schaute zu Samuel auf. »Du hast mir erzählt, dass du ihr an dem Abend gefolgt bist. Sie ist in den Wald gegangen, wo sie sich ausgezogen und im Geheimen gebadet hat. Und da hast du ihre Narben gesehen.«

»Sie war fesselnd. Furchtlos. Um ein Haar hätte ich sie damals schon genommen.«

»Ich weiß noch, dass ich dich damit aufgezogen habe, was dich davon abgehalten hat.«

Das Mondlicht reichte aus, um das Lächeln zu offenbaren, das um Samuels Lippen spielte. »Du hast mich gefragt, ob ich mich zum Zölibat verpflichtet hätte.«

»Immerhin warst du ein Mönch.«

»Das bin ich längst nicht mehr. Ich weiß nicht, ob ich je umfassend erklärt habe, warum ich damals von ihr weggegangen bin, aber ich wusste auf Anhieb, dass sie die Frau sein musste, von der die Runen gesprochen hatten. Als ich Brenna zum ersten Mal gesehen habe ...«

Er verstummte, und ich wartete.

»Ich konnte den Blick nicht von ihr abwenden«, flüsterte er. »Ich wusste nicht, wer sie war oder ob sie für uns bestimmt war, aber ich habe etwas gespürt. Eine Verbindung – Ehrfurcht. Bis zu jenem Moment hatte ich nie echte Ehrfurcht empfunden.«

»Warum erzählst du mir das?«, fragte ich, obwohl ich es ahnte.

»Glaubst du, wir haben falsch gewählt? Könnten die Runen ...«

»Nein. Die Götter spielen uns einen Streich, indem sie uns eine Frau gegeben haben, die wir nicht haben können.« Ich kletterte hinauf neben Samuel, sodass mir die von Mondlicht erhellte Welt ebenso zu Füßen lag wie ihm. »Ich gebe sie nicht auf. Wir werden einen Weg finden, sie zu behalten. Das müssen wir.«

Samuel seufzte und nickte.

Eine lange Weile verharrten wir so und warteten darauf, dass der erste Hauch von Rot den Rand der Welt benetzte. Als es so weit war, blinzelte ich wie ein Mann, der zum ersten Mal erwachte. »Wir müssen zurück. Sie sollte nicht allein aufwachen.«

Samuel ging voraus, doch als wir in Sichtweite des Lagerfeuers des Rudels gerieten, blieb er stehen.

»Wenn mich die Bestie überwältigt, dann bring unsere Frau zu ihren Schwestern. Gib der Ältesten unser gesamtes Geld und sorg dafür, dass sie Brenna weit, weit weg schaffen, an einen Ort, an den wir ihr nicht folgen können.«

Ein kalter Schauder lief mir über den Rücken. Er hatte *wenn* gesagt, nicht *falls*. »Samuel ...«

»Versprich es mir, Bruder.«

»Du weißt doch gar nicht, ob ...«

Versprich es mir!, brüllte Samuel in meinem Geist.

Ich neigte das Haupt. »Ich verspreche es«, gelobte ich schließlich. »Ich werde Brenna zur Flucht verhelfen. Aber ich werde nach unserer wahren Gefährtin suchen. Ich werde sie finden und hierher bringen. Und sie wird uns Frieden bescheren.«

Samuel nickte. »Sehr gut.« Es war ein angenehmer Traum, auch wenn er wahrscheinlich niemals wahrwerden würde. »Ich habe entschieden, was wir mit dem Gefangenen machen.« Sein Gesichtsausdruck verriet mir, dass er bedauerte, was er mir gleich mitteilen würde.

»Es ist die einzige Wahl«, sagte ich. »Wir können das Wagnis nicht eingehen, dass er seinem Alpha von Brenna berichtet.«

»Es wird langsam gehen. Der Regen wird ihn tagelang am Leben erhalten. Aber er hatte seit Tagen kein anderes Fleisch als das eigene.«

»Wir könnten versuchen, ihn mit Speeren zu durchbohren, wie es Siebold getan hat. Vielleicht ziele ich ja besser. Oder wir können warten, bis er geschwächt ist, ihn dann hochziehen und töten.«

»Nein«, widersprach Samuel. »Lasst ihn einfach in Ruhe sterben.«

Als der Alpha in die Höhle verschwand, blieb ich zurück, um dem Rudel die Neuigkeit zu überbringen. Ich erteilte den Befehl, den Gefangenen dem Hunger erliegen zu lassen. Fergus horchte auf.

»Kann ich dabei zusehen?«

»Nein. Samuel möchte dem Wolf seine Würde lassen. Richtet einen Wachdienst um die Lichtung ein, aber sagt den Leuten, sie sollen Abstand wahren.« Ich fügte nicht hinzu, dass ich dieses Entgegenkommen missbilligte.

»Wie lange?«, fragte Wulfgar.

»Bis zum übernächsten Vollmond.« Die Berserker-Stärke würde Maddox länger am Leben erhalten als einen Menschen. »Bis zur Versammlung zum Thing sollte er verhungert sein.«

»Wir können auch das Loch mit Erde füllen und zu seinem Grab werden lassen«, schlug Fergus vor. »Ist es nicht ein Glück, dass wir die Grube tief genug ausgehoben haben, um einen Berserker darin festzuhalten?«

»Das war kein Glück.« Wulfgar schnaubte. »Wir haben

dieses Loch gegraben, sobald wir Anspruch auf diesen Berg erhoben hatten.«

»Für Eindringlinge?«, fragte Fergus.

»Nein«, ergriff ich das Wort. »Wir haben es für Samuel errichtet.«

———————

7

Die Zeit schien schneller zu vergehen, je näher der Vollmond rückte. Wie versprochen begab ich mich mit einigen Krieger auf Beutezug und kehrte mit drei Kisten voll edlen Gegenständen für Brenna zurück. Zusätzlich zu ihrem silbernen Wendelring legte ich ihr einen Rubinanhänger um den Hals an und Silberreife um die Handgelenke. Unsere Geliebte konnte sich kaum rühren, ohne dass all das Metall ein liebliches Lied klimperte. Sie zog die Kleider gegenüber dem Schmuck vor. Samuel und mir gefiel sie nackt am besten, abgesehen von ihrem Wendelring.

Wenn der Mond am Himmel anschwoll, schien sich Brennas Leidenschaft der unseren anzugleichen. Der Gefangene in der Grube, Samuels Kampf gegen die Bestie und sogar der Rest des Rudels verblassten angesichts unserer Lust.

Nicht einmal Samuel wollte unsere Gemächer verlassen, obwohl er beharrlich darauf bestanden hatten, wir müssten Brenna weiterhin dem Rudel vorführen, um sie zu unserer Begleiterin auszubilden. Wenn sie langfristig bei uns bleiben sollte, musste sie sich daran gewöhnen, sich in der Gegenwart von Wölfen aufzuhalten, und die Wölfe mussten sich an sie gewöhnen.

Eines Tages kehrte ich von der Jagd zurück und betrat die Kammern unserer Unterkunft in Wolfsgestalt. Samuel erhob sich von der Liegestatt, wo er unserer Geliebten aus einem seiner kostbaren Bücher vorgelesen hatte.

Ich setzte dazu an, neben die beiden zu klettern, als Brenna abwehrend die Hände schwenkte und die Nase rümpfte.

»Du stinkst«, erklärte mir Samuel.

Ich setzte mich auf die Hinterbeine und bedachte die beiden mit einem kläglichen Blick.

»Sie wird den ganzen Tag schmollen, wenn ich dich hier raufkommen lasse. Oder schlimmer noch, sie schickt uns weg und verausgabt sich dabei, die Felle zu waschen. Ich habe noch nie eine Frau gekannt, die so besessen von Sauberkeit war.«

Brenna verschränkte die Arme vor der Brust und musterte uns beide mit stirnrunzelnder Miene.

Samuel grinste. Er hatte sichtlich Spaß. Insgeheim freute uns, dass sich unsere Frau an unsere Wolfsgestalten gewöhnt hatte. Als sie uns das erste Mal als Wölfe gesehen hatte, war sie bereit gewesen, vom Berg in einen Abgrund zu springen.

Meine Zunge baumelte aus dem Maul. Ich legte eine Pfote auf die Liegestatt und setzte mein bestes Hundelächeln auf.

Brenna kam von dem Bett, um mich wegzuscheuchen. Mit einer Hand hielt sie sich die Nase zu, mit der anderen zeigte sie zum Ausgang.

»So ist's gut, Liebste.« Samuel schmunzelte, als er sich

wieder seinem Buch zuwandte. »Lass ihn nicht zurückkommen, bevor du ihn ordentlich abgeschrubbt hast.«

Ich bleckte die Zähne in Samuels Richtung, bevor ich Brenna aus der Kammer folgte.

Sie führte mich in die Badehöhle und zog ihr Kleid hoch, als ich verspielt nach ihren Fußgelenken schnappte. Wie immer blieb sie erhaben und anmutig, als sie Seife und einen Waschlappen sowie ein längeres Tuch zum Trocknen meines Körpers bereitlegte. Ich tollte im Wasser umher und tat so, als würde ich ihr keine Beachtung schenken. Sie setzte sich an den Rand des Beckens und wartete auf mich.

Als ich nah zu ihr schwamm und eine Einladung kläffte, schüttelte sie den Kopf. Woraus ich ihr keinen Vorwurf machen konnte. Sie wusch lieber einen Mann als ein riesiges, pelziges Tier, das ihr das Gesicht ablecken und die Seife fressen wollte.

Was nicht bedeutete, dass ich nicht ein wenig Spaß haben konnte.

Ich wartete, bis sie nicht zu mir schaute, dann hopste ich aus dem Becken. Brenna hob die Hände zu einem unzulänglichen Schutzschild, als ich mich schüttelte und sie mit Wasser bespritzte.

Dann kämpfte sie gegen ein unwillkürliches Lächeln an, als sie voll gespieltem Zorn einen tadelnden Finger in meine Richtung schwenkte. Bevor ich mich in einen Mann verwandeln und sie ins Wasser tragen konnte, sprang sie auf die Beine und flüchtete.

Da ich immer für eine gute Hetzjagd zu haben war, rannte ich hinter ihr her in den Gang. Mit unübersehbarem Frohsinn im Gesicht schaute sie zu mir zurück und stürmte geradewegs in Siebolds Arme.

Sofort zuckte sie zurück, doch der blonde Krieger hielt sie bereits fest. Ich eilte knurrend hin, und Siebold ließ sie los, um sich mir in den Weg zu stellen. Er zückte seine Waffe.

»Halt, Wolf, oder ich weide dich aus.«

Siebolds Kopf schnellte zur Seite, als Brenna ihn schlug. Ungläubig starrte er sie an. Sie starrte finster zurück und wäre beinah gefallen, als ich sie zur Seite schob. Mein Wolf knurrte, während es in meinen Eingeweiden brodelte. In Menschengestalt hätte ich sie gewarnt, den Blick zu senken oder abzuwenden. Aus ihren Augen sprach deutlich eine Herausforderung, und Siebold, Rüpel, der er war, nahm sie an.

Samuel!, rief ich in Gedanken verzweifelt.

»Siebold!«, brüllte der Alpha, und alle neigten die Häupter, um seiner Wut zu entgehen.

Siebold wich langsam zum Eingang der Höhle zurück.

»Sie hat mir in die Augen gesehen.« Siebold knurrte. »Sie muss bestraft werden.«

Nach wie vor in Wolfsgestalt schob ich Brenna in Richtung der Kammer. Sie vergrub die Hände in meinem nassen Fell, um nicht zu stürzen. Wir überließen es dem Alpha, sich um den Krieger zu kümmern.

Kaum hatten wir die Kammer betreten, verwandelte ich mich.

»Brenna, was hast du dir nur dabei gedacht? Du greifst einen Krieger in der Blüte seiner Jahre an?« Nackte Angst ließ mich wütend werden. Beim Anblick, wie sie Siebold geschlagen hatte, einen Krieger, der einen halben Kopf größer und breiter war als sie, war ich krank vor Sorge geworden. »Du kennst die Regeln des Rudels – du kannst nicht um Dominanz kämpfen. Wenn du einen Krieger siehst, ziehst du den Schwanz ein und ergreifst die Flucht. Oder bleibst hinter mir.«

Ich bewegte mich auf sie zu, und sie wich zur Liegestatt

zurück. »Schlimmer noch, du weißt genau, dass Samuel hart am Rand des Abgrunds wandelt. Nun muss er den schlimmsten Raufbold des Rudels beruhigen. Er wird verlangen, dass du bestraft wirst, Brenna. Und wir werden es tun müssen, sonst gehen wir das Wagnis ein, dass die Bestie entfesselt wird.«

Ich streckte die Hand aus, legte sie um ihren Hals und bremste ihren Rückzug. Allein, sie zu berühren, beruhigte mich. Zärtlich streichelte ich mit dem Daumen ihre Wange. »Ich weiß, dass Siebold ein Flegel ist. Aber es bringt nichts, ihn anzugreifen. Und ich kann auf mich selbst aufpassen. Du kannst dich darauf verlassen, dass ich dich verteidige.«

Sie nickte, und ich ließ sie los.

Ich stellte die Verbindung zu Samuel her. *Wie schlimm ist der Schaden?*

Eisiges Schweigen vom Alpha. Was immer sich mit Siebold abspielte, erforderte seine volle Aufmerksamkeit.

Was mich zutiefst beunruhigte.

Brenna legte mir mit Sorgenfalten im Gesicht eine Hand auf die nackte Brust.

»Du hast gegen die Regeln verstoßen, Brenna. Ich fürchte, du musst bestraft werden.«

Angesichts der stummen Akzeptanz in ihrem Gesicht löste sich mein Zorn auf und verflüchtigte sich. Ich wollte sie zwar schon übers Knie legen und bestrafen, doch im Augenblick war nicht der richtige Zeitpunkt dafür. Sie musste sich sicher fühlen.

Ich zog sie in meine Arme.

»Es tut mir leid, Mädchen. Ich werde mich im Griff behalten. Ich kümmere mich um Samuel, hörst du?«

Sie nickte.

»Dämlicher Rüpel. Siebold könnte eine ordentliche Tracht Prügel vertragen. Ich wäre froh darüber, dass du ihn geschlagen hast, wäre es nicht so gefährlich. Aber es wird alles wieder gut. Samuel nimmt sich seiner an, wir versohlen dir den Hintern, und damit hat es sich.«

Sie entspannte sich an meiner Brust, und ich empfand Dankbarkeit, dass sie sich nicht vor der Züchtigung durch uns fürchtete. Tatsächlich schien sie das eher zu genießen, wenn ich nach dem Geruch der Lust ging, den sie jedes Mal verströmte, wenn wir ihr den Hintern versohlten, bis er rot schillerte. Und wir sorgten immer dafür, dass es angenehm für sie endete.

Ich seufzte. »Ich entschuldige mich dafür, dass ich dich angebrüllt habe. Was für ein Tag.«

Sie drückte mich fester, und während ich mit ihrem Haar spielte, dachte ich daran zurück, wie ich sie von oben bis unten mit Wasser bespritzt hatte. »Aber wir hatten Spaß, oder?«

Sie verbarg ein Grinsen an meiner Brust.

Wieder entsandte ich die Sinne zu Samuel und empfing nichts. Vermutlich ein schlechtes Zeichen.

Als ich den Blick senkte, musterte mich Brenna.

»Hast du Hunger?«

Sie schüttelte den Kopf. Dann entfernte sie sich von mir, zog ihr Kleid aus, ging zur Liegestatt und kniete sich darauf mit dem Hintern zu mir hin.

Mein Schritt schwoll an. Ich ging zu ihr und legte eine Hand auf ihren Rücken. »Du willst das? Du willst, dass ich dir den Hintern versohle?«

Da zuckte sie mit den Schultern, schlug die Augen nieder und nickte.

»Bist du betrübt darüber, was du mit dem armen Siebold gemacht hast?«, zog ich sie auf und erntete dafür einen angewiderten Blick. Ich schmunzelte. »Das sollte ein Scherz sein, aber er war nicht lustig. Siebold ist ein fieser

Geselle. Er wird Vergeltung wollen. Es liegt also an mir, es an deinem Hintern auszulassen.«

Brenna senkte den Oberkörper tiefer auf die Felle und wackelte mir mit dem Allerwertesten entgegen. Ich versetzte ihr einen kräftigen Schlag darauf.

»Gefällt dir deine Bestrafung so sehr, dass du danach verlangst?« Meine Finger tasteten nach ihren Schamlippen und strichen über die Stellen, die ihr am meisten Lust bereiteten. Ich wartete, bis sich ihr Körper wiegte, fingerte sie, bevor ich die Hand zurückzog, ausholte und sie erneut schlug. »Genauso ist es, Mädchen – du brauchst eine strenge Hand, die dich in die Schranken weist und dir dann Vergnügen bereitet.« So machte ich weiter, versohlte sie abwechselnd und berührte sie lustvoll, genoss das Wabern ihrer seidigen Haut, wenn ich sie schlug, und ihr leises Japsen und Stöhnen, wenn ich sie streichelte.

»Gefällt dir das, Brenna?«

Sie vergrub das Gesicht in den Fellen. Ich hielt inne und zog ihren Kopf an den Haaren zurück. Ihr Antlitz hatte sich mit einer bezaubernden Schattierung gerötet.

»Steh auf.« Ich zog an ihrem Haar, bis sie vor mir stand, bebend vor Verlangen. Ich tätschelte sie unter dem Kinn. »Ich glaube, das ist keine echte Bestrafung für dich, oder?«

Sie schüttelte den Kopf und verzog leicht die Lippen.

»Wenn du den Hintern richtig versohlt bekommen willst, musst du mich darum anbetteln. Zeig mir, wie du mich erfreuen willst, Kleines.«

Ihre Hand wanderte zu meinem Schritt.

Ich nickte. Mein Herz vollführte einen freudigen Satz, wenngleich ich eine strenge Miene aufgesetzt ließ. »So ist's gut, Mädchen.«

Sie kniete sich hin. Zuerst spielte sie mit mir, leckte und

küsste meinen Schaft, während sich ihre zierlichen Finger um meine Hoden legten.

Nach einer Weile packte ich eine Faustvoll ihres Haars und zog ihren Kopf mit einem Ruck so zurück, dass sie mir in die Augen sehen musste. »Das ist nicht der richtige Zeitpunkt, um mich zu reizen. Du bist meine Frau. Ich werde dir beibringen, dich so zu benehmen, dass dir nichts geschieht.«

Mit großen Augen starrte sie mich an, versuchte jedoch nicht, sich mir zu entwinden. Stattdessen ließ sie mich ihren Mund erobern und meine Härte mit kraftvollen Stößen in sie rammen.

Meine Hand verstärkte den Griff in ihrem Haar. Sie stöhnte, wodurch sie herrliche Schwingungen durch mich jagte.

»Brenna«, stieß ich keuchend hervor. Sie würde es merken, wenn ich mich entlud. Brenna konnte mich ebenso mühelos auf die Knie bringen, wie ich ihr befehlen konnte, auf die eigenen zu sinken.

Ich zog mich in dem Moment aus ihrem Mund zurück, als der Samen aus meiner Eichel schoss und in Schwallen ihr Gesicht und ihre Brust bemalte. Sie schloss die Augen, neigte den Kopf nach oben und hieß meine Entladung willkommen.

»Oh, Liebste. Du hast dir deinen wunden Hintern und deine Belohnung verdient.«

Samuel fand uns ineinander verschlungen vor. Ich hatte Brenna versohlt und gefingert, bis ihr Allerwertester krebsrot war und sich ihre Schamlippen prall und plump anfühlten. Bevor ich sie zum Kommen brachte, schob ich ihr einen Finger ins Poloch. Danach fesselte ich die Arme hinter ihr, legte mich auf den Rücken und ließ sie auf mir reiten, schlug dabei ihre Brüste, bis sie rosig wurden. Ihre Spalte hatte sich bei jedem verspielten Klatschen zusammengezogen. Als Samuel hereinkam, war sie ein Dutzend Mal gekommen und ich zweimal. Ich hielt sie in den Armen, während sie döste, und küsste ihre Brüste, um den Schmerz zu lindern, den ich ihr verursacht hatte. Brenna schlief mit einem Lächeln im Gesicht.

Der Geruch unseres Liebesspiels hing durchdringend in der Luft. Samuel kam herein und seufzte.

»Wie ich sehe, habt ihr einen Weg gefunden, euch die Zeit zu vertreiben, während ich weg war.«

Meine Zunge umwirbelte einen von Brennas kirschroten Nippeln. »Aye. Ich habe es für das Beste gehalten, mich gleich um sie zu kümmern, für den Fall, dass Siebold Vergeltung verlangt und ihn das Rudel unterstützt.« Ich nickte in die Richtung von Brennas gerötetem Hinterteil.

»Ich fürchte, so einfach wird es nicht.« Samuel setzte sich auf die Liegestatt und streichelte eines von Brennas glatten Beinen, während er sprach. »Siebold ist außer sich vor Wut. Er will ein öffentliches Exempel an ihr statuieren.«

Ich hob den Kopf. »Diese Entscheidung liegt nicht bei ihm. Sie gehört uns. Wir züchtigen sie so, wie es uns gefällt.«

»Wenn Brenna getan hat, was Siebold behauptet, dann halte ich es für eine gute Idee.

Ich knurrte. Brenna erwachte mit einem Ruck, und ich legte ihr eine Hand auf die Wange, drückte sie mir an die Brust, bis sich ihre Lider flatternd wieder schlossen.

»Was ist draußen im Gang passiert?«, fragte Samuel. »Zeig es mir.«

Ich übermittelte über unsere gemeinsame Verbindung die Eindrücke meiner Erinnerungen.

Samuel stöhnte, als ihm klar wurde, wie genau Brenna den wesentlich größeren Krieger herausgefordert hatte. »Ich hatte gehofft, Siebold würde lügen.«

»Was hatte Siebold überhaupt in unserem Teil der Höhle verloren?«

»Er ist gekommen, um uns Neuigkeiten von der Patrouille zu überbringen. Er hat ein Platschen gehört und dachte, ich wäre in der Kammer.«

Ich schnaubte ungläubig. »Er hat gelauert und bewusst versucht, einen Streit vom Zaun zu brechen.«

»Falls ja, hat ihm Brenna durch ihre Handlungen in die Karten gespielt.«

»Sie wollte mich verteidigen.«

»Aye, und du kannst dich sehr gut selbst verteidigen. Hätte sie sich zurückgehalten, hättest du dich zwischen sie und Siebold stellen, mich rufen oder dich verwandeln und ihm befehlen können, zu gehen. Und damit hätte es sich gehabt. So erzählt er gerade dem gesamten Rudel, wie ihn die Frau herausgefordert hat.«

»Er will, dass ihm das Rudel zustimmt, damit wir gezwungen sind zu handeln. Er will sie wie ein Mitglied des Rudels öffentlich bestrafen lassen.« Angewidert vom Ansinnen des Unruhestifters schüttelte ich den Kopf.

»Und so sollte es auch sein. Hätte sich eine Wölfin so wie sie verhalten, würdest du sie hinaus zum Lagerfeuer schleifen und ihr vor allen den Hintern versohlen. Und die Lektion dann in eurer Kammer fortsetzen.«

»Brenna ist keine Wölfin.«

»Richtig, aber wir wollen, dass sie ihren Platz im Rudel einnimmt. Entweder gehört sie zu uns oder nicht.«

Ich lauschte einen Moment lang auf meinen Wolf, aber er blieb stumm. Durch Herausforderungen und Rivalitäts-kämpfe fand ein Wolf seinen Platz im Rudel. Mit formeller

Bestrafung schützte das Rudel die Schwächeren vor den Stärkeren, denn dadurch wurden die Machtspiele begrenzt, durch die Wölfe so leicht verkrüppelt werden konnten. Ein so offensichtlich schwächeres Rudelmitglied – wie Brenna – konnte sich als Ersatz für die Niederlage in einem Kampf einer öffentlichen Demütigung unterziehen.

Solange unserer Geliebten durch die Lektion kein dauerhafter Schaden entstand, würde der Wolf nicht dagegen aufbegehren. Das Rudel hingegen würde es, wenn wir für die Herausforderung an Siebold kein Exempel an ihr statuierten. Wenn wir uns weigerten, konnten die anderen verlangen, dass die Bestrafung durch Siebold vollzogen wurde.

Darüber knurrte mein Wolf. *Niemand außer uns rührt unsere Gefährtin an.*

Sie ist nicht unsere Gefährtin, erinnerte ich den Wolf. Brenna rührte sich in meinen Armen, und ich vergaß mein Argument. Wässrige braune Augen blickten in meine. Mich beschlich das Gefühl, dass sie sich die ganze Zeit schlafend gestellt hatte, um uns zu verleiten, offen zu sprechen.

Ich neigte sie zurück, ohne den Blickkontakt abzubrechen. »Ist dir bewusst, was du mit Siebold gemacht hast und warum du dafür zur Rechenschaft gezogen wirst?«

Sie schluckte und nickte.

»Ich weiß zu schätzen, dass du mich verteidigen wolltest, Liebes, aber du hättest getötet werden können, indem du dich mit einem solchen Wolf anlegst. Dominant ist man nur, wenn man stark genug ist, um es auch durchzusetzen. Hätte Siebold dich allein angetroffen ...«

Ich umklammerte sie fester. Mir graute beim Gedanken daran, was der sadistische Krieger mit ihr anstellen würde, um seine Dominanz unter Beweis zu stellen. »Eine öffentliche Bestrafung wird wohl das Beste sein.«

Samuel beugte sich näher und ergriff Brennas Kinn. »Du wirst bestraft, und dann ist es vorbei. Das Rudel wird sehen, dass du dich uns und dem Rudelgefüge unterwirfst. Das wird den anderen helfen, dich zu akzeptieren.«

Brenna errötete und schlug die Augen nieder.

»Du lebst bei uns, also lebst du auch nach unseren Regeln. Je eher du das lernst, desto einfacher wird das Leben.«

8

Der Tag von Brennas Bestrafung dämmerte mit mir zwischen ihren Beinen. Ich liebkoste ihre drallen unteren Lippen, bis ihr Honig meine Finger beschichtete. Ich leckte ihn auf, brachte sie wieder und wieder in Wallung und an den Rand zur Ekstase, ließ sie jedoch nie den Höhepunkt erreichen. Die Lust, die ihre Sinne flutete, würde sie den Schmerz leichter ertragen lassen.

Samuel betrat den Raum. »Es ist so weit.«

Als wir aus der Höhle schritten, hatte sich das gesamte Rudel versammelt, um dem Schauspiel beizuwohnen. Fast vierzig Wölfe saßen auf der Lichtung, lümmelten auf den Steinen oder kauerten in der Nähe des Feuers. Diejenigen in Kriegergestalt hielten Waffen. Niemand löste den Blick von unserer Frau.

»Komm, Brenna«, befahl ich. Unsere Geliebte zögerte kurz am Eingang der Höhle, dann jedoch trat sie verwegen hinaus auf die Lichtung. Sie trug ein schlichtes weißes Gewand und ihren silbernen Wendelring. Das Haar hatte sie geflochten, ihre Füße waren nackt.

Die Wölfe starrten sie an. Ihre Augen leuchteten im morgendlichen Licht golden und räuberisch. Brennas Kopf setzte dazu an, sich zu den Zuschauern zu heben. Rasch drückte ich ihn nach unten. »Augen.«

Ich hörte ein gereiztes Schnauben von ihr, bevor sie gehorchte.

Wir hatten die Lichtung halb überquert, als sich uns Siebold in den Weg stellte.

»Siehst du, wie unverschämt sie ist? Eure Frau ist unbändig. Sie kennt ihren Platz im Rudel nicht.« Der Wikinger drehte sich Samuel zu, der am anderen Ende der Lichtung auf dem großen Stein saß, der ihm als Thron diente. »Ein Alpha, der eine Frau nicht im Griff behalten kann, ist schwach.«

Samuel stand auf und streckte sich, legte den Kopf mit einem Knacken erst auf die eine, dann auf die andere Seite schief. Seine Schultermuskeln spannten sich. Zu guter Letzt warf er die goldene Mähne zurück. Er sah alles andere als schwach aus. Dem angriffslustigen Krieger schenkte er keine Beachtung. Wir hatten jedes Wort, jede Bewegung wie ein Ritual, einen Tanz geplant. Eine Veranschaulichung von Samuels Macht.

»Ist es wahr, Daegan? Hat unsere Frau Siebold um die Vorherrschaft herausgefordert? Obwohl sie schwächer ist als er und einen fairen Kampf nicht überleben würde?«

»Sie hat ihm in die Augen gesehen, Alpha, und ihn geschlagen.« Ich schmunzelte verhalten. Siebold konnte nicht stolz darauf sein, einen Schlag von einem so zierlichen Gegner eingesteckt zu haben. Wie zu erwarten lief er hochrot an und klackte verärgert die Zähne aufeinander.

»Sie hat mich herausgefordert. Lasst sie kämpfen oder unterzieht sie einer formellen Bestrafung.«

Samuel gab ein Zeichen, und Siebold trat beiseite. Ich

brachte Brenna zum Alpha. Er wickelte sich ihren Zopf wie eine Leine um sein Handgelenk. »Armes kleines Liebchen, die Schwächste des Rudels.«

»Sie hat die Regeln gekannt«, brummte Siebold. »Sie hat sich danebenbenommen.«

»Vielleicht. Oder vielleicht hat sie gewusst, dass wir sie beschützen.« Samuel starrte den Wikinger an. »Sie herauszufordern, heißt, uns herauszufordern.«

»So ist es, Siebold«, ergänzte ich. »Willst du in die Grube und gegen ihn kämpfen?«

»Wenn du gewinnst, wärst du der Alpha.« Samuel hatte das genau geplant. Wenn Siebold es auf Dominanz über ihn abgesehen hatte, wollte er es wissen. Wir würden Siebold zwingen, damit herauszurücken.

Einige spannungsgeladene Herzschläge lang sah es so aus, als würde Siebold die Herausforderung an den Alpha aussprechen. Dann jedoch zog der Rüpel den Schwanz ein. »Ich will nicht Alpha werden«, erklärte er abfällig. Das gesamte Rudel konnte die Lüge in seinem Geruch wittern. »Aber Regeln sind Regeln. Wenn ihr eure Frau nicht im Griff behalten und zähmen könnt, solltet ihr sie vielleicht mir überlassen.«

Samuels Brüllen schnitt mein Knurren ab. »Denk gut nach, bevor du uns um unsere Frau herausforderst. Um Alpha zu werden, musst du *mich* herausfordern. Um sie dir zu nehmen, musst du sowohl Daegan als auch mich besiegen.«

»Und mich«, fügte Wulfgar hinzu. Auch Fergus stieß ins selbe Horn. Der kleine Wolf war nicht dominanter als Siebold, dennoch stellte er klar, dass er für unsere Frau kämpfen würde.

»Halt dich zurück, Wikinger«, riet Wulfgar eindringlich.

Siebold senkte den Blick zu Boden, und ich dachte

schon, Samuels Plan wäre aufgegangen. Wir hatten den dummen Krieger beschwichtigt. Eine schnelle Bestrafung für unsere Frau, und alles würde wieder gut sein.

Ich hätte es besser wissen müssen. Als sich Siebold verdrückte, kündigte er an: »Wenn wir das nächste Mal Fleisch an ihre Schwestern liefern, werde ich eine von ihnen kosten.«

Brennas Kopf wirbelte herum, und sie stürzte sich auf den Wikinger, bevor Samuel oder ich sie aufhalten konnten.

»Brenna!«, peitschte meine Stimme über die Lichtung, doch es war bereits zu spät. Sie schnappte sich einen Stock, einen dicken, von einem Baum abgefallenen Ast, der als Feuerholz in der Nähe der Flammen lag, und ging damit auf Siebold los.

Verblüffung ließ ihn zögern und rettete Brenna das Leben. Der große Blonde duckte sich und knurrte, als sein Wolf über ihn kam.

Es war im Nu vorbei, aber ich würde nie den Anblick vergessen, der mir durch Mark und Bein ging, den Anblick, wie sich meine Gefährtin dem großen goldenen Tier nur mit ihrer Wut und einem Stock bewaffnet stellte.

Wulfgars Hand packte Siebold am Kragen und hievte ihn zurück. Ich fing Brenna ab und zog sie an meine Seite.

»Knie nieder«, befahl ich wutentbrannt und zwang sie zu Boden. Eine Hand behielt ich auf ihrem Kopf, um sie daran zu erinnern, dass sie den Blick senken sollte. Ich konnte mir ihren fuchsteufelswilden Gesichtsausdruck nur vorstellen, aber sie blieb unten und vermittelte wenigstens den Eindruck von Unterwürfigkeit. Ich hoffte, es würde genügen, um das Rudel zu besänftigen.

Alle Krieger warteten ab, was ihr Alpha tun würde. Ein solcher Ungehorsam durfte nicht ungesühnt bleiben. Die

Regeln gab es, um zu verhindern, dass sich die Berserker gegenseitig in Stücke rissen.

Ich fluchte bei mir.

Seht ihr, klagte Siebold über die Rudelverbindungen. *Siehst du, Alpha?*

»Ich sehe es. Brenna.«

Sie zuckte unter meiner Hand zusammen, schaute aber nicht auf.

»Du musst darauf vertrauen, dass dich deine Gefährten verteidigen. Du bist die Schwächste unter uns und kannst nicht um Vorherrschaft kämpfen. Du wirst vor dem Rudel bestraft, damit du lernst, wo dein Platz ist.«

Ein leichtes Herabsacken ihrer Schultern verriet mir, dass sie verstand. Ich fühlte mich hin- und hergerissen zwischen dem Wunsch, sie zu trösten, und dem, sie übers Knie zu legen und ihr den Hintern vor aller Augen wund zu schlagen.

Siebold winselte erfreut. Wulfgar zog ihn mit einem Ruck zurück, als wäre er ein unartiger Welpe.

»Siebold«, wandte sich Samuel an den goldenen Wolf. »Du wirst ihre Schwestern nicht anrühren. Wir haben versprochen, für ihre Sicherheit zu sorgen.«

»Warum nicht, Alpha?«, wollte ein Krieger wissen. »Sie sind jung und reif, genommen zu werden. Warum sollen wir leiden, wenn uns diese Frauen helfen könnten?«

Ein anderer Krieger fügte hinzu: »Wir könnten uns ja nur eine nehmen – die Älteste. Die Blonde. Sie wird genügen, um uns alle den Winter hindurch zu wärmen.«

Ein Grunzen von Siebold, der sich mittlerweile in Menschengestalt zurückverwandelt hatte und sich schleichend näherte, allerdings darauf achtete, das Feuer zwischen uns zu belassen. »Ich kenne die Blonde. Ein süßes

Luder, und sie badet nackt in dem Bach im Wald. So, wie sie sich vor uns zur Schau stellt, bettelt sie ja praktisch darum.«

Diesmal fiel mir auf, wie gezielt Siebold seine Sticheleien einsetzte, und ich behielt eine Hand auf Brenna. Was nicht half. Mit einer schnellen Bewegung beugte sie sich vor, griff sich den großen Stock und stieß ihn ins Feuer.

Und nicht nur ins Feuer – gegen den Kochkessel. Das Dreibein erzitterte, der Kessel kippte, und heiße Brühe ergoss sich zischend auf die Flammen. Dampf stieg auf, als der Kessel in Richtung des finster dreinschauenden Siebolds kullerte. Der Krieger sprang aus dem Weg, jedoch nicht schnell genug, um der heißen Flüssigkeit zu entgehen. Er jaulte auf.

Diesmal zerrte ich unsere Geliebte weg von der Lichtung, weg vom Rudel. »Bist du wahnsinnig, Mädchen?« Ich hätte in hundert Jahren nicht gedacht, dass sich unsere Frau so verhalten könnte. Anscheinend beschränkte sich ihr süßes, gefügiges Wesen allein auf unsere Gemächer.

Diese Angelegenheit war ernst. Siebold schäumte dermaßen vor Wut, dass er versuchen würde, sich zu verwandeln und Brenna zu vernichten. Wulfgar und Fergus drängten sich bereits durch die Ränge der Krieger, um sich zwischen mich und den Wikinger zu stellen. Die Wölfe zeigten sich rastlos, liefen umher, winselten, fragten sich, ob es zu einem Kampf kommen würde.

Über die Lichtung drang ein Geräusch, mit dem ich nicht rechnete. Samuel saß auf seinem Thron und lachte. Die Laute hallten laut über die Wiese. Auch Wulfgar lachte, und Siebold drehte sich wutentbrannt dem großen Krieger zu.

»Verwandle dich«, befahl Samuel. Ruckartig verwandelte sich Siebolds Körper vom Mensch zum Tier, war gezwungen, dem Befehl des Alphas zu gehorchen. Der schreiende Mensch verwandelte sich in einen wimmernden Wolf, den Wulfgar und einige andere mühelos bändigten. Ein, zwei andere Wölfe des Rudels wurden vom Befehl des Alphas überrascht und verwandelten sich ebenfalls in ihre tierische Gestalt. Beschämt schlichen sie davon und verschwanden außer Sicht. Der Rest des Rudels verstummte angespannt und wartete auf die nächsten Worte des Alphas.

»Wir werden die Schwestern unserer Frau nicht anrühren. Wir haben es versprochen«, sagte Samuel. »Brenna wird vor den Augen des Rudels anstelle ihres Machtkampfs gegen Siebold bestraft. *Jede* Herausforderung ihrerseits wird mit Züchtigung geahndet. Sie ist eine Frau, ein Mensch und somit viel schwächer als wir.« Samuel nickte mir zu. »Daegan wird ihre Züchtigung vor aller Augen vornehmen. Sie ist unsere Gefährtin und obliegt unserer Verantwortung.«

Beim Wort »Gefährtin« ging ein Anflug von Energie wie eine Welle durch das Rudel. Einen Moment lang hielten alle und alles auf dem Berg den Atem an.

Ja, sagte mein Wolf. *Unsere Gefährtin.*

Ausnahmsweise brachte ich es nicht übers Herz, ihn zu berichtigen.

»Wird sie euch eines Tages Welpen gebären?«, fragte einer der Krieger.

Samuels Züge verhärteten sich. »Nein. Aber sie ist trotzdem unsere Gefährtin.« Er gab mir ein Zeichen. »Daegan.«

Mit knurrendem Unterton brummte ich Brenna ins Ohr, als ich mit ihr die Lichtung überquerte. »Das war sehr gefährlich. Ich wäre beinah stolz, wenn ich dich nicht bestrafen müsste. Aber jetzt habe ich vor, dir das Hinterteil wund zu schlagen. Das hast du verdient.«

Ich übergab sie an den Alpha.

»Unartige«, sagte Samuel. »Du wirst jetzt wie eine Wölfin gezüchtigt, nackt, auf dass dich alle sehen können.«

Letztlich huschte doch Angst über ihre Züge. Ich streichelte ihr Haar. »Keine Sorge. Es wird zwar wehtun, aber wir werden nicht zulassen, dass dir ein echtes Leid widerfährt. Vertraust du uns?«

Die Angst legte sich. Sie begegnete meinem Blick mit klaren braunen Augen, als sie nickte.

Samuel half ihr, sich an seiner Seite hinzuknien. Das Ritual, das wir so gewissenhaft geplant hatten, würde fortgesetzt werden. Der Alpha blickte streng von seinem Thron, hatte die Lage im Griff, doch seine Hand war zärtlich, als er ihr Haar streichelte.

Grinsend hopste ich davon und gab dem kleinen, roten Wolf, der am Höhleneingang wartete, ein Zeichen.

»Fergus«, verlangte ich von ihm, »hol mir den Flogger.«

Als er zurückkehrte, fiel mir etwas Beschwingtes in seinem Gang auf. Der kleine Wolf hatte genossen, wie Siebold von einer bloßen Menschenfrau gedemütigt worden war.

»Komm bloß auf keine dummen Gedanken«, warnte ich ihn, als er mir den Flogger reichte. »Sonst wirst du derjenige, der nackt gezüchtigt wird.«

Die letzten Tage hatte ich für diesen Augenblick geübt. Unter anderem hatte ich an einem Nachmittag meinen Züchtigungsarm mit Fergus' Rücken als Zielscheibe erprobt. Samuel und ich hatten wirklich jeden Augenblick dieses Bestrafungsrituals geplant.

Fergus selbst hatte das Werkzeug der Züchtigung angefertigt. Dafür hatte er Rehlederstreifen an einem Griff befestigt. Die Streifen waren weich und geschmeidig. Richtig geschwungen würden sie die Haut unserer Frau weder aufplatzen lassen noch dauerhaft zeichnen. Mich erfasste beim Gedanken an Brennas weißen, bezaubernden nackten Rücken und den sanften Kuss des Floggers darauf eine berauschende Erregung. Wenn ich heute richtig damit umginge, würde sie mir vielleicht erlauben, das Werkzeug auch unter uns bei ihr zu benutzen.

Ich griff danach, aber Fergus zog es zurück. »Beta«, wandte er sich mit leiser, angespannter Stimme an mich. »Du musst das nicht tun. Siebold versucht bloß, Unfrieden zu stiften. Das Rudel wird das verstehen.« Er achtete sorgsam darauf, den Blick gesenkt zu halten.

»Nach dieser Einlage wohl nicht mehr.« Ich trat näher zu ihm. »Das wird sie nicht verletzen. Du hast ja mitgeholfen, dafür zu sorgen. Glaub mir, Fergus. Ich würde ihr niemals unnötigen Schaden zufügen.«

Meine Beteuerung entspannte ihn. Er schaute zwar weiterhin ernst drein, aber die Sorgenfalten verschwanden aus seinen jugendlichen Zügen.

Ich marschierte in die Mitte des Rudels, den Blick fest auf Brenna geheftet. Erregung knisterte über die Rudelverbindung. Die Wölfe waren hungrig vor Erwartung.

Auf mein Zeichen gingen Wulfgar und Fergus – die beiden Krieger, denen wir am meisten vertrauten – zu Brenna und zogen sie hoch.

Zuerst leistete sie Widerstand, doch nach einer Warnung von Samuel ließ sie sich auf die Beine stellen und zu einem Holzrahmen führen, den wir sonst als Gestell zum Trocknen benutzten. Die Krieger fesselten Brennas Arme mit Lederriemen über ihrem Kopf. Sie stand vom Rudel abgewandt, damit alle sehen konnten, wie der Flogger auf ihren Rücken schnalzte, und damit die anderen jeden roten Striemen auf der weißen Haut zählen konnten.

Auf mein Nicken hin ergriff Fergus ihren Zopf und legte ihn über ihre Schulter, damit er nicht im Weg war.

»Es wird alles gut«, hörte ich Fergus zu Brenna flüstern.

Wulfgar bedachte den kleinen roten Wolf darob mit einer strengen Miene, doch sobald Fergus sein Gesicht nicht mehr sehen konnte, grinste er. Der hünenhafte Krieger hatte eine Schwäche für kleinere Geschöpfe mit dem Herz am rechten Fleck.

Wulfgar entfernte sich. Ich nahm meinen Platz vor dem Rudel ein. Es herrschte eine solche Stille, dass ich das Summen der Fliegen in der Umgebung und die verängstigten Atemzüge der gefesselten Frau hören konnte.

An sich sollte mich das alles nicht erregen – doch das tat es.

»Brenna vom Berserker-Clan, du wirst nun dafür bestraft, dass du einen Krieger herausgefordert hast. Diese Züchtigung soll dich lehren, wo dein Platz ist. Die Regeln des Rudels gestatten es dir, dich so zu unterwerfen, statt bis zum Tod zu kämpfen.«

Ich konnte nur beten, dass sie meine Worte hörte und die Schwere ihres Vergehens verstand. Berserker lebten und starben nach Regeln, die nach reiflicher Überlegung entstanden waren und die Bestie im Zaum halten sollten.

Es lag an mir, das Ritual abzuschließen. Zum finstereren Blick im Gesicht trug ich eine Hose aus Hirschleder. Meine Brust war nackt. Ich zog ein Messer und ging um das Gestell herum, bis ich vor unserer Geliebten stand. Ich sah ihr in die Augen, als ich die Klinge hob. Sie wandte den Blick nicht ab, sondern blieb tapfer, als ich ihr das schlichte Gewand vom Leib schnitt. Der Stoff fiel zu Boden und entblößte ihren makellosen Körper für jeden Mann und jeden Wolf auf der Lichtung.

Von einem der Krieger ertönte ein kurzes Winseln, das endete, als Samuel bedrohlich knurrte. Heute würde zwar das gesamte Rudel unsere Frau in all ihrer Pracht betrachten, aber wir würden niemanden vergessen lassen, dass sie uns gehörte.

Brenna schloss die Augen. Eine Gänsehaut bildete sich auf ihrem Körper, vermutlich sowohl durch die Kühle der Gebirgsluft als auch durch ihre bange Erwartung. An der Stelle brach ich aus dem festgelegten Ablauf des Rituals aus, indem ich mich vorbeugte und sie küsste. »Vertrau mir, Mädchen«, hauchte ich an ihrem Mund. Sie nickte. Ihr leichter Moschusduft stieg mir in die Nase, als ich zurücktrat.

Mein Schritt hatte sich schmerzlich verhärtet, als ich mit dem Flogger ausholte. Mehrere Male schnalzte ich damit durch die Luft, bevor ich ihn auf ihren Rücken niedersausen ließ.

Ich hörte, wie Brenna mit einem rauen Laut die Luft einsaugte, dann jedoch entspannte sie sich, als ihr klar wurde, dass es nicht wehtat. Vorsichtig peitschte ich sie aus, bemalte sowohl ihren Rücken als auch ihre kurvigen Pobacken mit Röte. Die ersten paar Schläge dienten dazu, ihre Haut zu wärmen und auf eine ausgedehnte Tracht Prügel vorzubereiten. Mit der Zeit würde die geschundene Haut zu brennen beginnen, doch vorerst würde es sich sanft wie eine Massage anfühlen.

Ich hielt inne, als sich ihre Haut rötete. Brennas Atmung ging tief und gleichmäßig. Hätte ich gekonnt, ich hätte an der Stelle innegehalten und ihr stattdessen Lust bereitet. Aber das Rudel erwartete Elend von ihr.

Aus dem Handgelenk peitschte ich weiter. Brennas Körper zuckte, als die Lederstreifen sie mit mehr Kraft erneut trafen. Eine grellrote Strieme erschien auf ihrer Haut. Brennas Füße tänzelten, als sie versuchte, dem Schmerz zu entfliehen.

Mehrere Wölfe jubelten. Mit einem weiteren Knurren brachte Samuel sie zum Schweigen.

Ich verpasste Brenna einige leichtere Schläge, bevor ich die Wucht steigerte. Rot erblühte auf ihrem Rücken, und wenngleich ich darauf achtete, dass sich die Lederstreifen nicht um sie wickelten und ihre Vorderseite erreichten, verrenkte sie sich einige Male so, dass der Flogger auf ihre Seiten klatschte. Wie ich wusste, würde das am schlimmsten schmerzen. Die Enden der Streifen würden sich wie Bienenstiche anfühlen.

Die Peitsche würde zwar schlimmer wehtun als meine Hand auf ihrem Hintern, aber die Male würden bis zum nächsten Tag verblasst sein. Kein Vergleich zu einer Züchtigung mit einer richtigen Peitsche aus geknüpftem Seil, darin eingeflochtenen Steinen und Scherben, um die Haut eines Menschen zu zerfetzen.

Wenn ich sie lang und behutsam genug schlug, würde sie vielleicht sogar einschlafen.

Ohne auf das durch meinen Kopf und Schritt rauschende Blut zu achten, verfiel ich in einen gleichmäßigen Rhythmus. Keine Ahnung, wie lange ich mit dem Flogger auf sie einschlug. Mal langsam und zart, mal mit kräftigeren Hieben.

Irgendwann hörte Brenna auf zu kämpfen. Sie kapitulierte vor den Empfindungen. Als die Züchtigung weiterging und heftiger wurde, rührte sie sich nicht mehr. Ihr Kopf sank tiefer und tiefer, ihr gesamter Körper erschlaffte. Wieder und wieder leckte der Flogger über ihre weiche Haut. Schillernde Röte breitete sich über ihren Rücken und ihr Hinterteil aus. Ich züchtigte sie weiter, als aus tiefem Rosa nach und nach ein zorniges Rot wurde.

Im Taumel meiner Erregung hörte ich die Worte meines Alphas kaum.

»Daegan, das reicht.«

Sobald ich ihre Handgelenke losband, sackte Brenna gegen mich, schmiegte sich in meinen Armen an mich und verbarg das Gesicht an meiner Brust. Die wahre Bestrafung bestand nicht in den Schlägen, sondern in der Demütigung. Der Umstand, vor dem versammelten Rudel entblößt und bestraft zu werden, brach den Geist selbst des angriffslustigsten Wolfs.

Es war notwendig. Das würde ich ihr wieder und wieder erklären. Ich würde sie in unsere Höhle tragen und jede Salbe benutzen, die wir hatten, um ihre Schmerzen zu lindern. Außerdem würde ich sie behutsam baden und ihre Tränen wegküssen.

Brenna rührte sich in meinen Armen. Ich erhaschte einen Blick auf ihr Gesicht und die roten Flecke auf ihren blassen Wangen. Ein paar Tränen hatten Spuren hinterlassen, aber nicht viele.

Als ich die Luft schnupperte, wurde mir klar, was mein Körper und jeder Wolf auf der Lichtung aufgeschnappt hatten – einen süßen, berauschenden Moschusduft in der sommerlichen Luft.

Unsere Geliebte war erregt.

Ungläubig wischte ich eine verirrte Strähne aus ihrem Gesicht. Ihre Augen waren glasig, ihre Züge schlaff vor Kapitulation. Ihr Atem hauchte gegen mich, ihr Körper schmiegte sich gefügig an meinen. Sie war bereit, genommen und gerammelt, umfassend beherrscht zu werden.

Ein gieriges Winseln erhob sich von den Rängen der Wölfe, und diesmal konnte es kein Knurren des Alphas zum Verstummen bringen.

»Wulfgar«, rief Samuel, der das Ritual zum Abschluss

bringen wollte. »Ist das Rudel mit der Bestrafung zufrieden?«

»Das Rudel ist zufrieden«, bestätigte der Krieger mit grollender Stimme.

Daegan, schaff sie hinein.

Ich schleifte Brenna an den Wölfen vorbei, konnte es kaum erwarten, sie von den neugierigen Augen wegzubekommen. Dicht hinter mir folgten Fergus und Wulfgar, die unsere Flanke vor den geifernden Wölfen schützten. Kaum hatten wir den Eingang der Höhle erreicht, hob ich mir unsere Geliebte auf die Arme. Während ich sie trug, achtete ich darauf, ihre gerötete Haut zu schonen.

In unseren Gemächern legte ich unsere Frau hin und untersuchte ihren Rücken. Die Schläge hatten ihre Haut zwar erhitzt, aber keiner der Lederstreifen hatte sie aufplatzen lassen. Brenna krümmte sich selbst unter der zartesten Berührung, und der berauschende Duft ihrer Erregung erfüllte die Luft. Ich tastete zwischen ihren Beinen.

»Beim heiligen Mond, du bist ja so was von feucht für mich.« Ich streichelte sie behutsam, schürte die von den Schmerzen auf ihrem Rücken entfachten Flammen. Bereitwillig wölbte sie den Körper meiner Hand entgegen. Meine Finger beschleunigten die Bewegungen zwischen ihren Beinen. Meine Hand fasste unter sie, ertastete einen Nippel und kniff ihn. Eine Zuckung durchlief ihren Körper.

»So ist's gut, Kleines. Nimm dir dein Vergnügen.«

Ich beugte mich über sie und beobachtete, wie sie sich zuckend den Bewegungen meiner Hand hingab. Im letzten Moment schlang ich mich über sie und presste den Körper an ihre empfindliche Haut. Ihr Schmerz verschmolz mit Ekstase, überwältigte ihre Sinne, und sie hätte mich beinah abgeworfen, als der Orgasmus über sie kam. Mein Prügel schwoll qualvoll hart in der Lederhose an. Ich hob mich von Brenna und stülpte den Mund auf ihr Genick, saugte so fest daran, dass ein rotes Mal zurückblieb.

Mein.

Die Zähne in meinem Mund wuchsen, und der Wolf jaulte freudig beim Gedanken daran, sie zu zeichnen.

Unsere Frau. Unsere.

Ich riss den Kopf zurück, stieß mich von Brenna und der Liegestatt ab und entfernte mich auf die andere Seite der Kammer.

Brenna würde einen Paarungsbiss nicht überleben. Zarte menschliche Haut, zerfetzt von den Kiefern eines Wolfs – wie konnte das Liebe sein?

Die roten Male, die ich auf ihrer Haut hinterlassen hatte, weckten in mir den Wunsch, sie dauerhaft zu kennzeichnen.

Als ich mich ruhig genug fühlte, um mich unserer Geliebten zu nähern, brachte ich ihr Wasser und half ihr, den Becher an die Lippen zu setzen. Nachdem sie getrunken hatte, legte ich mich neben sie, streichelte ihre Wange und küsste ihre weichen Lippen.

»Daegan.« Samuel trat ein, und auf sein Verlangen wich ich beiseite.

Er kniete sich hin und berührte ihr Haar. Er wartete, bis sie sich ein wenig aufrichtete.

»Bleib auf dem Bauch«, wies er sie an und untersuchte die Spuren auf ihrem Rücken.

»Kein Blut«, merkte ich an.

»Sie hat sich wacker gehalten«, befand Samuel und trat zurück. Ich konnte seine Erregung riechen, aber so wie ich lief er rastlos durch die Kammer, bis er sich unter Kontrolle hatte. »Ich habe eine Wache am Höhleneingang aufgestellt und den Großteil des Rudels auf Patrouille geschickt, weg vom Berg.«

»Gut. Dann können wir sie besinnungslos rammeln, ohne befürchten zu müssen, dass wir unterbrochen werden.« Ich streifte die Hose ab.

»Brenna«, rief Samuel und setzte sich auf einen Stein. »Komm her.«

Sie brauchte einige Augenblicke, um sich aufzuraffen und von der Liegestatt zu entfernen, doch sie schaffte es zum Alpha und stellte sich zwischen seine Beine, damit er sie stützen konnte.

»Verstehst du, warum du bestraft worden bist?«

Sie nickte.

Samuel strich ihr das Haar zurück. »Es war notwendig, Liebste. Jeder von uns hat einen eigenen Platz im Rudel. Unser Überleben hängt davon ab.

»Du kannst nicht gegen einen Wolf kämpfen, wie es ein Herausforderer tun sollte. Wenn du einer Herausforderung keine Taten folgen lassen kannst, besagen die Regeln, dass du bestraft werden musst. Es war eine Gnade, dass es nicht Siebold gestattet wurde, dich zu züchtigen.«

Ihre Augen wurden groß.

Samuel ergriff den Flogger, betrachtete die weichen Lederstreifen und zeigte sie unserer Geliebten. »Daegan hat das für dich anfertigen lassen, damit du nicht verletzt wirst. Du kannst ihm später dafür danken.« Er warf den Flogger beiseite, und seine Züge verhärteten sich.

»Knie nieder«, befahl er. Brenna sank zu Boden. Samuel spreizte die Beine und schob den Lendenschurz beiseite. Sogar sitzend wirkte der Alpha mit den dicken Beinen und der muskelbepackten Brust mächtig.

»Du hast deine Bestrafung gut ertragen, Liebes. Und

jetzt wirst du deinem Alpha zeigen, dass du deinen Platz kennst.«

Seine Hand führte ihren Kopf zu seiner Mannespracht, und Brenna nahm sie auf.

Samuel streichelte ihr Haar, während er weitersprach. »Das Dasein als Wolf ist hart. Wir wandeln ständig auf einem schmalen Grat zwischen Leben und Tod. Als Alpha beschütze ich mein Rudel. Ich würde für das Rudel sterben. Die schwächsten Wölfe müssen beschützt werden. Aber das kann ich nicht, wenn sie meinen Befehlen nicht gehorchen. Selbst das kleinste Zögern kann den Unterschied zwischen Leben und Sterben verheißen.«

Scharf atmete er ein, während sich Brennas Kopf auf und ab bewegte, sich mehrere Zentimeter auf seine Härte senkte, bevor sie sich aufrichtete und ihn mit einem Schmatzlaut aus dem Mund flutschen ließ. Träge leckte ihre Zunge über ihn.

Mir zogen sich bei dem Anblick die Hoden zusammen.

»Ganz runter«, befahl der Alpha, und nach einem tiefen Atemzug gehorchte Brenna.

»Braves Mädchen. Nimm alles auf.«

Samuel ließ sie auf den Knien arbeiten, bis er letztlich grunzte und sich in ihren Mund ergoss.

Brennas Kopf bewegte sich weiter langsam auf und ab, bis Samuel sie an den Haaren packte und sie mit einem weiteren Schmatzlaut von sich zog. Dann beugte er ihren Kopf so nach hinten, dass sie ihm in die Augen sah.

»Wenn du dich das nächste Mal in Gefahr bringst und auf diese Weise einen Krieger angreifst, lasse ich dich von Daegan mit etwas anderem als einem weichen Flogger bestrafen. Und zwar mehr als einmal. Du wirst wochenlang nicht auf dem Rücken schlafen können. Hast du verstanden?«

Brenna nickte. Ihre weichen Lippen glänzten.

»Sie gehört ganz dir«, wandte sich Samuel an mich und gab seinen strengen Gesichtsausdruck auf.

»Hierher, Brenna«, befahl ich. »Kriech zur Liegestatt. Auf Händen und Knien.«

Sie bewegte sich so anmutig auf mich zu, dass mich allein der Anblick beinah zum Kommen brachte.

Als sie sich näherte, fing ich ihr Kinn ab. Die Lider hatte sie vor Lust halb gesenkt. Ich berührte sie an der Lippe, und sie leckte unterwürfig an meinem Finger.

»Scheint dir ja recht gut zu gehen, Mädchen«, meinte ich schmunzelnd und half ihr auf den von Fellen bedeckten Stein. »Jetzt wölb den Rücken durch und streck mir deinen lieblichen Hintern entgegen.«

Als sie tat, wie ihr geheißen, wurde ihre Atmung vor Erregung rauer.

Sie rechnete mit einer guten harten Rammelei, und genau das würde sie bekommen. Ich ergriff das Glas mit Öl, beschichtete meine Finger und verteilte großzügig Öl über die Ritze zwischen ihren geröteten Hinterbacken.

Brenna sog scharf die Luft ein, spannte den Körper an und wollte zurückweichen. Ich klatschte ihr seitlich gegen die Hüfte. »Nein, hoch mit dem Hintern. Böse Mädchen werden hart in den Arsch genommen.«

Ihr glücklicher Dämmerblick verschwand, sie setzte sich zur Wehr und versuchte, wegzukriechen. Ich packte sie an den Hüften und zog sie zurück.

Samuel kauerte sich vor sie hin, hob ihr das Haar aus dem Gesicht und sprach mit leiser Stimme,

»Du hast dich so gut geschlagen«, lobte er. »Du weißt, dass wir dich nie wirklich verletzen würden, oder? Aber darauf Anspruch zu erheben, steht uns zu.«

Er schaute zu mir auf, und ich nickte, verteilte weiter Öl

auf meinem Schaft und verschmierte es über ihrem winzigen Poloch. »Den Stöpsel hast du gut aufgenommen. Daegan trägt gerade reichlich Öl an dir und sich auf. Er wird mühelos hineingleiten. Es wird eng sein, aber wir sorgen dafür, dass es sich gut anfühlen wird. Und uns wird es gefallen, dich so zu nehmen. Du willst uns doch erfreuen, oder?« Seine Hand schob sich unter sie, um mit ihrem Busen zu spielen. Sie wölbte den Rücken weiter durch, presste sich gegen seine Hand und streckte mir gleichzeitig ihren lieblichen Po entgegen.

Ich war bereit und setzte mein Teil an ihrem Hintereingang an, bewunderte den Anblick meines Schafts an ihren rosa Backen, die noch die von mir hinterlassenen Male sprenkelten.

»Ich werde dich jetzt nehmen, Brenna. Und eines Tages werden Samuel und ich dich gleichzeitig nehmen.«

Damit packte ich ihre Backen, zog sie auseinander und schob mich ein Stück in sie. Dann wartete ich, bis sie sich entspannte, ehe ich langsam weiter vorrückte. Meine Atmung beschleunigte sich, während ich beobachtete, wie ihr lieblicher Körper meinen Schaft verschlang.

»Oh, was bist du für ein prachtvoller Anblick.« Ich drückte ihre Hüften. Ein Schauder durchlief ihren Körper, und ihre Muskeln zogen sich um mich zusammen. Ich schnappte nach Luft und sah Sternchen vor den Augen tänzeln. Samuel schmunzelte über die Abfolge versponnener Flüche, die über meine Lippen drang.

»Zeit für deine Belohnung.« Ich verlangsamte die Bewegungen, beugte mich über ihren geröteten Rücken, fasste unter sie und spielte mit ihren nassen Lippen, ertastete die kleine, harte Knospe darüber und umkreiste sie zärtlich.

Brenna krümmte sich, aber Samuel und ich hielten sie fest und zwangen sie, mit mir in ihrem Hinterteil zu Ekstase zu finden. Sie wehrte sich nicht besonders lange. All das Brennen und die Hitze vereinten sich in ihr zu höchster Erregung.

Ihr Poloch zuckte um meine Härte, quetschte beinah das Leben aus mir heraus. Mein Geist stieg in schwindelerregende Höhen empor, aber ich packte ihren Zopf und benutzte ihn wie eine Leine, um Brenna zu mir zurückzuziehen.

»So ficken wir dich, wann immer du nicht gehorchst. Böses Mädchen.« Ich zog mit einem Ruck an ihrem Haar und hörte, wie sie nach Luft schnappte. Die mahlenden Bewegungen um meine Härte verrieten mir, dass sie eher erregt als niedergeschlagen war. »Du willst unseren Befehlen nicht gehorchen? Na schön. Dann rammeln wir dich zur Gefügigkeit und fesseln dich, damit du niemals weggehen kannst.«

»Wie ist es?«, fragte Samuel. »Eng?«

»Noch enger, und er würde mir abbrechen.«

»Meinst du, sie verträgt es schneller?«

»Gibt nur eine Möglichkeit, das herauszufinden. Sie wird nehmen, was immer wir ihr geben, und mehr.« Ich benutzte den Zopf, um ihren Kopf nach hinten zu ziehen. »Nicht wahr, Mädchen? Vergisst du deinen Platz, erinnern wir dich an ihn.« Ich beschleunigte die Hüftbewegungen, rammte mich schneller in sie. »Dein Platz ist auf den Knien, um unsere Schwänze aufzunehmen.«

Ich zog sie hoch und hielt sie so, dass ich sie auf mir auf und ab wippen lassen konnte, so schnell ich wollte. Sie fasste nach hinten und klammerte sich an meiner Schulter fest, als ich wieder und wieder in sie stieß. Samuel kniete sich vor sie und zupfte an ihren Nippeln.

»Bald nehmen wir dich beide«, versprach er ihr. »Einer vorne, einer hinten.«

»Würde dir das gefallen, Brenna?«, fragte ich.

Ihr Orgasmus erschütterte ihren Körper. Ich erreichte den Höhepunkt zusammen mit ihr und umklammerte sie innig. Meine Zähne senkten sich auf ihre Schulter und bissen verhalten zu. An den Schaudern, die ihren Körper in einer Welle nach der anderen durchliefen, merkte ich, dass sich ihre Ekstase fortsetzte.

Zwei Tage später marschierte ich gegen Ende meines Patrouillengangs den Bergweg hinunter. Um das Feuer stand eine Gruppe von Wölfen, die warteten, während ein riesiger Keiler über den Flammen briet.

Beim Klang von Siebolds Stimme stellte ich die Ohren auf.

»Dämlicher Köter.«

Als ich um den Fels bog, sah ich, was vor sich ging. Siebold hatte die Hände um Fergus' Hals gelegt.

»Siebold, lass ihn los.«

Der Krieger knurrte zwar, gab aber den kleinen roten Wolf frei, der nach Luft schnappte und davonwieselte. »Warum? Willst du's mit ihm treiben? Befriedigt dich eure Frau nicht?«

Ich ging nicht auf die Sticheleien des Wikingers ein.

»Gib es zu. Deine Bestie ist mit Beischlaf ohne Schmerz nicht zufrieden. Sie will sie zeichnen. Durch das Auspeitschen hat sie eine Kostprobe davon erhalten, wie es sein könnte ...«

»Hör auf, Siebold.«

Er verstummte, und ich begann, mich zu entfernen. Plötzlich hörte ich, wie er zu einem anderen Krieger raunte: »Also, wenn ich das dumme Miststück hätte, würde ich tun, was nötig ist, um das Weib zum Schreien zu bringen ...«

Innerhalb eines Herzschlags überwand ich den Abstand zwischen uns. Ich sprang los. Mein Körper prallte gegen seinen, brachte ihn zum Taumeln. Der blonde Wikinger war zwar breiter und größer als ich, dafür war ich schneller.

Krieger hasteten uns aus dem Weg und zogen die zum Sitzen benutzten Baumstämme beiseite, um Platz zu schaffen, damit wir kämpfen konnten.

Die Bestie verlangte brüllend, befreit zu werden, und ich ließ sie heraus. Mein Rückgrat knackte, als die Verwandlung einsetzte. Meine Hände wurden zu Klauen.

Siebold verwandelte sich ebenfalls, wurde selbst halb zur Bestie. Seine Züge verzerrten sich, wurden länger, bildeten ein Mittelding zwischen einem menschlichen Kiefer und der Schnauze eines Wolfs. Dann preschte er los, stürmte in meine Richtung. Er sprang. Ich ließ mich auf den Rücken fallen, trat gegen seinen Körper, bevor er auf mir landen konnte, und schleuderte ihn über meinen Kopf von mir weg. Schnell sprang ich auf und drehte mich ihm zu, gerade rechtzeitig für seinen zweiten Anlauf.

Zähne wie Klingen schnappten knapp vor meinem Gesicht nach mir. Ich erspähte eine Gelegenheit und fuhr mit den Klauen über seinen Rücken. Er jaulte auf und wölbte den Körper durch. Bevor er zu mir herumwirbeln konnte, warf ich mich gegen ihn und stieß ihn zu Boden.

Ich wollte ihm Schmerzen zufügen.

Ich packte das blonde Haar und presste Siebolds Gesicht ins Erdreich. Er war zu gutaussehend. Das konnte ich beheben.

Die Bestie in mir kämpfte um die Vorherrschaft. Meine Welt fing an, sich zu schwärzen, wurde jeglicher Farben beraubt, abgesehen von einem roten Fleck, der sich vor Siebold ansammelte ...

»Daegan, das reicht«, befahl Samuel. Ich spürte, wie ein Flüstern der Magie meines Alphas über mich hinwegstreich. Mit einem Ruck richtete ich mich auf und entfernte mich von Siebold. Denn ich wollte unter allen Umständen die Demütigung vermeiden, mich unter Zwang vollständig in den Wolf zu verwandeln.

Siebold gab schniefende Laute von sich, als er sich aufzurappeln versuchte. Mit schnappenden Zähnen forderte ich ihn brüllend auf, unten zu bleiben. Er presste sich flach auf den Boden, womit er die Bestie ausreichend zufriedenstellte, dass ich die Oberhand zurückerlangen konnte.

Klauen wie Messer wuchsen aus meinen von Fell bewachsenen Fingern. Ich ekelte mich dermaßen vor mir selbst, dass sich mir der Magen umdrehte.

Ich stapfte an Samuel vorbei in die Höhle, um unsere Geliebte zu suchen.

Sie wollte als unsere Gefährtin bei uns bleiben? Dann würde ich ihr das Monster zeigen, das ich in Wirklichkeit war.

Ich fand sie im Garten. Mein Schniefen und Brummen machte sie auf mich aufmerksam. Sie schaute auf und erbleichte. Brenna erhob sich, ging zur gegenüberliegenden Seite der Kammer, lehnte sich mit dem Rücken an die Wand und atmete tief durch, bevor sie mir in die Augen blickte.

Ich wusste, was sie sah – schwarzes Fell, die aufrecht stehende Gestalt eines Mannes, die Klauen einer Bestie. Ich war weder Mensch noch Wolf, sondern eine Kreatur aus Albträumen, von deren Krallen Siebolds Blut tropfte.

Ihr Herzschlag zeichnete sich flatternd an ihrem Hals ab, während sie meine unförmige Gestalt betrachtete und mit ihrer Angst kämpfte. Die Flucht ergriff sie nicht – sie hätte nirgendwohin gekonnt. Und sie schrie nicht, weil sie es nicht konnte.

Mir sträubten sich die Nackenhaare. Samuel ergriff hinter mir das Wort.

»Lass mich dir helfen, Daegan.«

Ich winselte, ein grausamer, ein gebrochener Laut.

Brennas Angst fiel von ihr ab, wurde abgelöst von Mitleid. Ich kauerte mich hin, bedeckte mit den Pfoten das Gesicht und spürte, wie Samuels Befehl über meinen Körper kam, mein Rückgrat begradigte. Muskeln und Knochen reagierten, das Fell zog sich zurück. Ich richtete mich als Mann auf, behielt jedoch die Hände über dem Gesicht, bis ich die zärtliche Berührung unserer Frau spürte. Brenna zog meine Arme nach unten und nahm mein Gesicht in die eigenen Hände. Aus ihren Augen sprach ausschließlich Akzeptanz. Die sie mit einem Kuss unter-mauerte.

Bei der Berührung ihrer Lippen fiel der letzte Rest der Berserker-Raserei von mir ab.

»Komm mit, Brenna«, sagte Samuel mit rauer Stimme. »Es ist an der Zeit, dass du verstehst, was wir wirklich sind.«

Ich ließ mich von ihr in unsere Schlafkammer führen. Samuel und ich legten uns mit Brenna zwischen uns auf die Liegestatt. Ich hielt ihren herrlichen Körper fest, während sich Samuel ihr zudrehte.

»Die Magie beschert uns Vieles«, erklärte er Brenna. »Ein längeres Leben, Kampffertigkeiten, Heilung. Aber im Gegenzug lauert in unserem Geist ständig die Bestie darauf, die Herrschaft an sich zu reißen und unsere Vernunft zu vertreiben. Das ist die Gabe und zugleich der Fluch.«

Sie schaute zurück zu mir. Ich nickte. Meine Sprechver-mögen kehrte erst langsam vom Einfluss der Bestie zurück.

Vorerst würde jeder Laut, den ich von mir gab, wie der eines Tiers klingen. Wofür ich mich schämte.

»Wir dachten, wir wären dem Untergang geweiht, bis die Hexe uns von dir erzählt hat. Wir haben kein Recht, dich zu bitten, bei uns zu bleiben, dennoch tun wir es.«

»Du solltest uns verlassen, Liebes«, sagte ich. »Die Bestie reißt die Herrschaft schnell an sich. Wenn wir je die Kontrolle verlieren ...«

»Wenn *ich* je die Kontrolle verliere«, berichtigte mich Samuel. »Denn mit größter Wahrscheinlichkeit wird es mir passieren.« Er berührte Brenna. »Wenn das geschieht, hat Daegan den Befehl, dich wegzuschicken.«

Sie legte die Stirn in Falten und schüttelte den Kopf.

»Doch.« Ich nahm ihr Gesicht in die Hände. »So ist es am besten. Ohne uns kannst du ein langes Leben führen.«

Sie zeigte nacheinander auf uns und dann auf ihr Herz.

»Wir lieben dich auch, Kleines«, sagte Samuel. »Und solange du uns liebst, werden wir immer bei dir sein.«

9

Der Mond nahm zu, als wir den heißesten Monat des Jahres begingen. Ein Gewicht hob sich von mir, nachdem Brenna meine Berserker-Gestalt gesehen hatte und wusste, dass sie flüchten musste, sollte Samuel je die Kontrolle verlieren.

Unser Plan, sie als Mitglied des Rudels zu akzeptieren, setzte sich damit fort, dass wir ihr erlaubten, Zeit abseits des Bergs zu verbringen. Zusammen genossen wir die Vorzüge des Sommers.

Eines Nachmittags sprach ich gerade mit Wulfgar an der Feuerstelle, als Fergus mit dem ersten Horn Met angerannt kam.

Ich kostete davon und befand ihn für gut. Wulfgar stimmte mir zu.

»Nehmt ein Fass davon zum Thing mit«, schlug er vor. »Guter Met kann viel dazu beitragen, die Gemüter zu beruhigen.«

»Irgendetwas Neues vom Roten Rudel?«

»Sie klagen über Berserker in ihrem Gebiet.«

»Siebold?« Der blonde Wikinger hatte sich rargemacht,

seit ihn Brenna mit Fleischbrühe getauft hatte. Nach unserem Kampf hatte ich damit gerechnet, ich würde erfahren, dass er sich mit einer oder auch drei Frauen aus dem Dorf irgendwo verschanzt hatte, bis seine Bestie aus ihm hervorgebrochen war und er jemanden brauchte, um die Schweinerei aufzuräumen.

Wulfgar schüttelte den Kopf. »Nicht von unserem Rudel. Von Ragnvalds Leuten. Sie klagen über das neue Rudel. Anscheinend halten sie es für unsere Pflicht, Ragnvalds Krieger im Zaum zu halten. Deshalb wollen sie Samuel bei der Versammlung haben. Sie glauben, er wäre bereit, dieses zweite Berserker-Rudel zu übernehmen.«

Ich schnaubte höhnisch. »Das Rote Rudel ist so rückgratlos, dass es uns seine Drecksarbeit erledigen lassen will.«

»Die hassen uns«, erklärte Wulfgar.

»Die hassen den Makel. Sie hoffen, dass wir gegen Ragnvalds Berserker kämpfen und sie auslöschen werden. Oder umgekehrt.«

»Vielleicht sollten wir Frieden mit Ragnvald schließen.«

»Dafür ist es ein bisschen spät. Immerhin siecht sein Stellvertreter in unserer Grube dahin.«

Wulfgar schlug nicht vor, dass wir Maddox gehen lassen sollten. Es ergab Sinn, den tätowierten Wolf als Druckmittel einzusetzen, doch er durfte nicht am Leben gelassen werden. Er wusste zu viel. Ihn gehen zu lassen, würde Brenna einer Gefahr aussetzen.

Wulfgar stürzte den restlichen Met hinunter und setzte dazu an, das Horn Fergus zurückzugeben, der unserer politischen Unterhaltung mit großen Augen und gespitzten Ohren gelauscht hatte. Plötzlich landete ein Rabe auf Wulfgars ausgestrecktem Arm und stimmte ein Krächzen an.

»Bei Thors Nüssen«, fluchte Wulfgar und zog den Kopf ein. Der Rabe löste sich in einer Rauchwolke auf, und wir alle zogen die Köpfe ein und fluchten ebenfalls.

»Was für eine Hexerei ist das?« Fergus zeigte auf die Stelle, an der sich der Vogel befunden hatte. Unter dem Rauch lag ein Stück Birkenrinde mit schwarzen, auf die weiße Oberfläche gekritzelten Zeichen. Ich bückte mich und hob es auf.

»Verdammte Hexe.« Nachdem ich Wulfgar aufgetragen hatte, nach Yseult Ausschau zu halten, trabte ich mit der Botschaft zu Samuel. Während seiner Zeit als Mönch hatte er lesen gelernt.

»Sie kommt bei Vollmond auf Besuch.«

»Weiß sie schon mehr über unsere wahre Gefährtin?«

Samuel schüttelte den Kopf. »Ich vermute, sie hat Auskünfte für uns. Sie schickt einen Gesandten voraus. Wir sollen ihn bald erwarten.«

Am nächsten Tag erklomm ein alter Mann den Berg. Berserker folgten ihm, hielten ihn aber nicht auf, bis er unser Feuer erreichte und sich vor Samuel stellte, der in einem Lendenschurz auf dem großen Stein saß, ganz der Barbaren-König auf seinem Thron.

Der alte Mann hatte einen langen, grauen Bart und trug um den Kopf ein Stück Stoff gewickelt, das sein rechtes Auge bedeckte. Samuel starrte ihn eine lange Weile an, bevor er mir zunickte.

»Wer bist du?«, fragte ich für Samuel.

»Yseult nennt mich Odin. Wie er habe ich ein Auge für Weisheit geopfert.«

Die Wikinger-Wölfe, die das Geschehen beobachteten, wurden unruhig. Vermutlich hielten sie den blinden alten Mann namens Odin wirklich für ihren Gott.

Ich verdrehte die Augen. Wieder einer der Tricks von Yseult.

»Was willst du hier?«

Der Mann breitete die Hände aus. »Yseult hat mich aufgefordert, herzukommen. Sie hat gesagt, im Gegenzug für meine Dienste würdet ihr mir Essen und Unterkunft geben.«

»Welche Dienste hat ein blinder, alter Mann zu bieten?«

Der Graubärtige lächelte und breitete die Hände aus. »Ich will eurer Geliebten das Sprechen beibringen.«

Es DAUERTE eine weitere Nacht und einen weiteren Tag, bis wir den Alten in Brennas Nähe ließen. Sie trat vorsichtig auf ihn zu und blieb stehen, als ich sie am Arm zurückhielt.

»Hallo, Brenna«, sagte Odin und zeichnete mit den Händen Symbole in die Luft. Er wiederholte seinen Gruß mit langsameren Bewegungen.

Samuel und ich beobachteten Brenna wie gebannt, als sie seine Gesten nachahmte. Nach der Begrüßung zeigte der Graubärtige auf Gegenstände in der Kammer, sprach ihre Bezeichnung laut aus und ließ darauf jeweils eine Geste folgen.

Nach wenigen Tagen beherrschte Brenna dieses neue Spiel. Samuel und ich übten mit ihr, lernten jedoch langsamer.

»Hast du schon einmal mit jemandem so gesprochen?«, erkundigte sich Graubart.

Ja. Mit meiner Schwester, antwortete sie in Zeichensprache. *Mit der Nächstältesten.*

»Sabine?«, fragte ich. Die Namen ihrer Schwestern

kannte ich von Berichten der Wölfe, die von Zeit zu Zeit nach ihnen sahen.

Brenna senkte den Blick, starrte zu Boden wie immer, wenn wir von ihrer Familie sprachen. *Ja.*

»Lass uns allein«, befahl Samuel dem Graubärtigen. Odin zeigte Weisheit, indem er gehorchte.

»Brenna.« Ich kauerte mich nah vor ihr hin und sah ihr in die Augen. »Vermisst du deine Schwestern?«

Ja.

»Möchtest du sie sehen?«

Eine Pause, dann schüttelte sie den Kopf. *Es ist einfacher, wenn ich sie nicht sehe.*

Samuel und ich wechselten einen Blick.

»Möchtest du uns verlassen?«

Jäh schaute sie auf. *Nein*, zeigte sie an, und ich verspürte Erleichterung. Aber dabei beließ sie es nicht. *Ich würde euch mehr vermissen.*

Mit einem Knurren ging Samuel zu ihr. Er zog ihren Kopf an den geflochtenen Haaren zurück und eroberte ihre Lippen. »Dann gehörst du uns, Mädchen. Für immer.«

10

I ch stand am Feuer, als Yseult neben mir erschien. Wir hatten zwar seit Tagen Wachen postiert, die nach der blonden Frau Ausschau hielten, doch sie hatte sich zum Beweis ihrer Macht getarnt und begab sich ohne Vorwarnung, ohne Erlaubnis in die Nähe unserer Geliebten.

Ich witterte ihren widerlichen Geruch nach kaltem Rauch und Stein und ließ den Blick auf das Feuer gerichtet. »Ich hasse es, wenn du aus dem Nichts erscheinst.«

»Das weiß ich.« Sie lächelte. »Hat euch mein kleines Geschenk gefallen?«

»Der alte Mann? Er kennt einige Tricks.«

Ein Kribbeln breitete sich auf meiner Haut aus, als sie mich musterte. »Ist sie eine Verbindung mit euch eingegangen?«

»Sie spricht in Form von Zeichensprache mit uns«, antwortete ich ausweichend.

»Bring mich zu ihr.«

Ich führte sie hinein. Brenna saß mit dem alten Mann am Becken. Die Hände der beiden fuchtelten, als sie sich mit Gesten unterhielten.

Ich blieb am Eingang stehen und streckte den Arm aus, um Yseult zurückzuhalten.

Die Hexe fügte sich meinem unausgesprochenen Befehl. Zusammen beobachteten wir Brennas stumme Unterhaltung. Sie bemerkte uns nicht, Samuel hingegen schon. Der Alpha kam näher.

»Nun, Yseult? Was hältst du von unserer Gefährtin?«

»Das also ist sie? Eure Gefährtin?«

»Ja. Uns ist egal, was die Runen sagen. Wir haben sie auserwählt.«

»Hm«, brummte Yseult unverbindlich. »Ihr Geruch ist anders. Stärker. Ihr habt etwas in ihr erweckt.«

»Was meinst du? Sprich verständlich oder lass es ganz bleiben«, verlangte Samuel.

»Sie riecht, als wäre sie läufig. Ihr Körper spricht auf eure Magie an.«

»Erklär uns das.«

»Bei meinem letzten Besuch hast du mir eine Nacht mit dem Rudel versprochen. Während der Sommersonnenwende. Das ist heute.«

»Das Rudel ist bereit für dich. Wir halten uns an unseren Teil der Vereinbarung. Jetzt sag uns, warum Brenna riecht, als wäre sie läufig.«

»Und warum sie den Angriff jenes Hunds überlebt hat, als sie klein war«, fügte ich hinzu.

Yseult lächelte ihr verfluchtes, rätselhaftes Lächeln. Sie liebte es, Erhabenheit über uns zur Schau zu stellen. »Brenna besitzt Magie.«

»Eine Hexe?«

»Sie ist keine Hexe. Nicht ganz. Sie besitzt eine feinere, urige Magie.« Yseult schniefte und ließ uns merken, dass sie Brenna als unter ihrem Rang betrachtete. »Eure Brenna ist eine Strauchhexe wie ihre Mutter und die Mutter ihrer

Mutter. Auch *Holzmouwas* genannt. Sie sind weniger mächtig als Hexen.«

»Aber sie besitzt Kräfte? Worin bestehen sie?«

»Das müsst ihr herausfinden. Ich habe nach der Antwort gesucht und von Brennas Großmutter erfahren, die einige Heilkräfte besessen hat. Keine große Macht, jedenfalls nicht genug, um die Dorfbewohner davon abzuhalten, sie bei lebendigem Leib zu verbrennen.«

»Was ist mit Brennas Mutter?«

»Nach dem Tod der Großmutter hat die Mutter die Kinder zusammengepackt und ist geflohen. Was sie an Macht besessen hat, muss sie verlassen haben, als sie sich dem Trinken zugewandt hat. Welche Kräfte eine *Holzmouwa* hat ... Die Antwort darauf haben Brenna und ihre Schwestern.«

Samuel und ich wechselten einen Blick. Mit diesen Offenbarungen der Hexe hatten wir nicht gerechnet. »Ist das alles, was du entdeckt hast? Dass unsere Frau eine *Holzmouwa* ist und vielleicht Heilkräfte besitzt?«

»Das ergibt Sinn«, merkte ich an. »Sie besänftigt die Bestie.«

»Aber sie hat sie nicht vollständig gezähmt«, gab Samuel zu bedenken.

Yseult räusperte sich. »Macht wächst durch Opferung. Es gibt immer einen Preis.«

»Was ist der Preis für Brenna? Sie hat bereits ihre Stimme und um ein Haar das Leben verloren.«

»Derselbe Preis, den wir alle bezahlen«, erwiderte Yseult. »Schmerz.«

∼

ABENDS VERSAMMELTE sich das gesamte Rudel um die Feuerstelle auf dem Berg. Samuel saß auf seinem Thron. Yseult
befand sich etwas abseits, trug ein weißes Gewand und
hatte ein rätselhaftes Lächeln im Gesicht.

Auf Yseults Verlangen stand ich mit Brenna am Eingang
der Höhle in sicherem Abstand zum Rudel. Wir würden
zusehen und lernen.

Schmerz. Das hatte die Hexe gesagt. Ich wusste, dass
Hexen wie meine Mutter und Yseult für Magie opferten. Die
Opfergaben konnte klein sein – ein Kaninchen oder eine
Taube. Oder persönlich – wie bei Odin, der ein Auge für
Weisheit aufgegeben hatte. Oder etwas anderes ... wie eine
erotische Züchtigung über sich ergehen zu lassen. Ich fragte
mich, ob die Auspeitschung Brennas Kräfte erweckt hatte.

Brenna und ich warteten, als Samuel dem Rudel Befehle
erteilte. Eine Nacht lang konnten die Wölfe Yseult nehmen
und benutzen, wie auch immer sie wollten. Kein Verstüm-
meln, kein Töten. Das waren die einzigen Regeln.

Als Samuel zu Ende gesprochen hatte, trat Yseult in das
Rudel der Wölfe. In ihren Augen leuchtete ein animalischer
Hunger. Sie marschierte durch die Krieger, bis sich ihr einer
in den Weg stellte. Ein verruchtes Lächeln spielte um ihre
Lippen. Sie sprach mit Siebold. Dann schnellte ihre Hand
vor und schlug ihm ins Gesicht.

Alle hielten den Atem an.

In Siebolds Augen leuchtete golden die Bestie, als er die
Hand ausstreckte und ihr Haar packte. Er zog ihren Kopf
zurück und küsste sie.

Drei andere Krieger umringten sie und rissen ihr das
Gewand von der großen Gestalt. Siebold hob sie von den
Beinen und legte sie auf den Boden, befand sich bereits
in ihr.

Yseults Zähne suchten seinen Hals und bissen zu. Blut

floss. Siebold brüllte und hämmerte sie mit den Hüften in den Boden, während ihre Nägel über seinen Rücken kratzten.

Als sie den Höhepunkt erreichte, fegte Magie durch das Rudel. Alle Wölfe heulten. Alle außer Samuel und mir.

»Komm, Brenna.« Ich wandte mich ab. Übelkeit verursachte mir nicht das Spektakel an sich, sondern die Reaktion in meinem Schritt darauf. Brenna hielt mich zurück, indem sie an meinem Arm zog.

»Was ist, Mädchen?« Mein Mund wurde trocken, als ich die Lust in den Augen unserer Geliebten sah. Sie schlang einen Arm um meinen Nacken und zog mich für einen sengenden Kuss zu sich.

Um ein Haar wäre ich zurückgetaumelt, als sie mich losließ. »Wirklich? Jetzt?«

Sie nickte mit der Hand auf meiner Brust. Ich verlor keine Zeit, warf sie mir über die Schulter und trug sie in unsere Schlafkammer.

Brenna bebte, als ich sie auf die Liegestatt bettete.

»Geht es dir gut, Kleines?«

Ja. Ihre Hände fuchtelten. *Brauche ... dich. Sofort.*

Samuel kam beschwingt in die Kammer. Er wirkte jünger und sorgenfreier, als ich ihn seit langem erlebt hatte.

»Ich kann sie riechen«, sagte er, und in seinen Augen schimmerte es golden. Seine Bestie lauerte dicht unter der Oberfläche, ich konnte sie riechen. Aber sie schien nicht wütend zu sein.

»Brenna«, stieß der große Alpha erstickt hervor. »Du bist brünstig.« Vor der Liegestatt blieb er vor ihr stehen und fuhr mit der Hand über ihre Brüste zu ihrer Scham hinab. Sie presste sich mit flatternden Lidern seiner Berührung entgegen.

»Deine Lust ruft nach uns. Sie ist berauschend.« Er drückte das Gesicht durch ihr Kleid an ihren Bauch, sah aus wie ein Bittsteller vor einer Königin. »Ich will tun, was immer du verlangst.«

Brenna schaute nachdenklich drein. Schließlich erschien ein verruchtes Lächeln in ihrem Gesicht, und sie zeigte auf den Boden vor ihr.

»Du willst, dass ich dich anflehe, Liebes? Du willst deinen Alpha auf den Knien sehen?« Er sank vor Brenna zu Boden. Sein Kopf reichte ihr zu den Knien, als sie sich von der Liegestatt erhob. Er schob ihr Kleid beiseite, hob erst einen Fuß an und küsste das Fußgelenk, dann den anderen, bevor er sich weiter nach oben arbeitete. Brenna krallte die Finger in sein Haar, stützte sich an seinem Kopf ab und zog ihn zwischen ihre Beine.

Ich eilte hinüber und hob ihr Kleid weiter an, zog es ihr über den Kopf aus. Zuvor an diesem Tag hatte ich sie rasiert und ihr den Stöpsel eingesetzt. Ihr Körper war glatt und bereit. Ich küsste ihren Hals.

»Du bist die Einzige, Brenna. Die Einzige, vor der wir knien.«

Ich hob sie hoch, und Samuel legte sich ihre Beine über die Schultern. Brenna seufzte und wand sich, als er an den lieblichen Falten ihrer Scham knabberte. Ich stützte sie und arbeitete eine Hand frei, um ihren Busen zu streicheln. Ihr Kopf fiel zurück auf meine Schulter, doch auch, nachdem der Höhepunkt über sie hinweggeschwappt war, hielt sie Samuels Gesicht weiter an ihre Scham gedrückt.

Samuel und ich legten sie hin und streichelten ihre blasse Haut, während sie sich erholte.

»So zerbrechlich. So zierlich ... und doch bist du stärker

als wir alle. Deine Zerbrechlichkeit spricht unsere Bestie an, verwandelt das brutale Monster in einen Beschützer.«

Als ich tief einatmete, wurde mir klar, dass es stimmte. Die Bestie wurde nicht stärker, weil wir die Herrschaft über sie verloren. Sie wurde stärker, weil Brenna sie brauchte, sie wollte, sie akzeptierte.

Samuel legte ihr einen Finger an die Lippen. »Du hast es vor uns gewusst.«

Brennas Mund verzog sich unter seinem Finger zu einem verstohlenen Lächeln. Da wusste ich, dass die Runen recht gehabt hatten. Sie war die Frau für uns.

»Auf«, befahl ich und streckte die Hände aus, um ihr auf die Knie zu helfen. Ich fasste um sie herum und schob die Hand über ihren Hintern, um den Stöpsel zu ergreifen. »Hier.«

Ihre Augen wurden groß, doch sie ließ sich von mir auf allen vieren platzieren.

Wir hatten ihr den Stöpsel häufig eingesetzt, um ihr hinteres Loch für uns zu dehnen. Und nun würden wir Anspruch darauf erheben.

»Alles an dir gehört uns.« Ich bespielte ihr Hinterteil mit dem Stöpsel, indem ich ihn abwechselnd in sie schob und aus ihr zog.

Samuel reichte mir das Glas mit Öl. Ich zog den Stöpsel heraus und ließ einen eingeölten Finger um ihr Loch kreisen. Brenna lag mit der Brust auf den Fellen und dem Hintern in der Luft, bereit für uns.

»Hab keine Angst, Mädchen.«

Samuel trat vor und legte vorbereitend die Hand um seinen Schaft. Zuerst zog er sie zu sich und tauchte in ihre Scham. Ich schob mich unter sie und leckte an ihren Brüsten, bis sich ihre flache Atmung veränderte und abgehackt wurde.

Samuel zog sich aus ihr zurück und zwängte ihre Poba-cken auseinander. »Wunderschön.«

Ich hielt Brenna in den Armen, während Samuel seinen Knüppel an ihrem Hintereingang ansetzte und begann, sich hineinzupressen.

Schweiß erschien auf Brennas Stirn. Sie verbarg das Gesicht an meiner Brust.

Ich streichelte ihr Haar.

»Richte die Aufmerksamkeit auf uns, darauf, deine Herren zu erfreuen«, flüsterte ich.

Ohne den Kopf zu heben, nickte sie.

»Atme ein. Dann atme aus und öffne dich.«

Samuels' Grunzen verriet mir, dass er sich vollständig in ihr vergraben hatte.

»So eng. So unglaublich eng.«

»Na also, Mädchen, du hast es geschafft. Und jetzt ...« Ich rutschte zurück, bis meine harte Länge vor ihrem Gesicht wippte. »Lutsch daran.«

Ihr Körper bewegte sich zwischen uns vor und zurück.

Wir kamen im Einklang.

Noch hatten wir ihre Liebespforte und ihren Hintern nicht zusammen genommen ... aber das würden wir bald.

11

Am nächsten Tag erklomm ich wenige Stunden nach Sonnenaufgang den Berg zum Aussichtspunkt, um die erste Wache zu übernehmen.

Der Wind wehte mir ins Gesicht und trug mir den Geruch von Schnee und kaltem Stein mit einem Hauch von Tod zu. Yseult.

»Hast du bekommen, wofür du hergekommen bis?«

»Das und mehr.« Die Frau schnurrte praktisch. »Du hast nicht mitgemacht.« Sie fuhr mit einem Finger meinen Arm hinab. Ich fing ihre Hand ab und musste an mich halten, um sie nicht zu zerquetschen.

»Ich bin vergeben.«

»Das sehe ich.« Lachend berührte sie mich an der Schulter, wo mir zum ersten Mal Spuren auffielen, die Brennas Fingernägel hinterlassen hatten. »Du hast ihre erste Paarungslust überstanden.«

»Das war ...« Ich verstummte. »Das schien nicht real zu sein. Oder ich dachte, es wäre eine Reaktion auf deine Magie in den Rudelverbindungen.«

»Das war sie«, murmelte Yseult. »Die *Holzmouwa* wird

mit jedem Mond stärker, den sie in eurer Obhut verbringt. Sei vorsichtig, Wolf.« Sie schwenkte einen Finger vor meinem Gesicht. »Es gibt andere Werwölfe, die es ebenfalls riechen und versuchen werden, sie dir wegzunehmen.«

»Lass sie ruhig kommen«, erwiderte ich mit knurrendem Unterton. »Niemand ist so stark wie ein Berserker.«

»Bist du sicher?« Ihr Lächeln mutete wunderschön und schrecklich zugleich an. So stolzierte sie mit dem Hüftschwung einer Frau davon, der es tüchtig besorgt worden war, bis sie in einem Blitz verschwand, der mir die Haare zu Berge stehen ließ.

Da kam mir plötzlich der Gedanke, dass Yseult stärker als zuvor gerochen hatte – um mehr als die Steigerung, die durch das bloße Vergießen des Blutes eines Bettgefährten möglich wäre. Hatte sie einen Wolf des Rudels gefressen? Ich entsandte die Gedanken zu jedem Mitglied – alle Wölfe waren da.

Alle bis auf einen.

Ich rannte den Berg hinunter. Als ich die Lichtung mit der Grube erreichte, verlangsamte ich die Schritte und rief nach Maddox.

Er antwortete nicht. Ich schnupperte die Luft, konnte seinen Geruch jedoch nicht ausmachen. Ich beugte mich über den Rand der Grube und hielt Ausschau nach ihm.

Er war verschwunden.

Samuel wirkte nicht überrascht, als ich ihm die Neuigkeit des leeren Kerkers überbrachte. Ich fragte mich, ob ein Teil von ihm gehofft hatte, Maddox würde entkommen.

»Die Hexe könnte einen Weg gefunden haben, Maddox

und seine Macht zu verschlingen«, hielt ich ihm vor Augen. »Sie kommt mir auf einmal mächtiger vor.«

»Wir sind mächtiger. Welche Magie Brenna auch besitzt, sie stärkt uns«

Trotzdem machte ich mir Sorgen, dass sich die Bestie festsetzen könnte. Sie reagierte auf Brenna in einer Weise, die ich nie zuvor erlebt hatte.

»Wir werden weiterhin Vorsichtsmaßnahmen ergreifen«, las Samuel meine besorgten Gedanken. »Du reist mit ein paar Mitgliedern des Rudels zur Versammlung des Roten Rudels. Hört zu und bringt so viel wie möglich über Ragnvalds Berserker in Erfahrung. Ich bleibe hier und sorge für die Sicherheit unserer Gefährtin.« Er lächelte, und wieder fiel mir überdeutlich auf, wie viel jünger er wirkte. Als hätte sich eine Last von seinen Schultern gehoben. »Sie wartet auf dich in der Badekammer.«

Mit dem Aufbruch ließ ich mir lange Zeit. Brenna zeigte sich besonders lebhaft, schlug meine Hände weg und fragte mich immer wieder, warum ich verreisen müsste. Ich erzählte ihr, ich würde einen Markt besuchen und hübsche Dinge für sie kaufen, und sie nannte mich einen Lügner. Ich erzählte ihr, ich würde losziehen, um mich von den Dorfdirnen zu verabschieden, und sie schlug mich und nannte mich ein Karnickel. Diese Beleidigung konnte ich nicht auf mir sitzen lassen, also zog ich sie aus, versohlte ihr den Hintern und besorgte es ihr auf dem Steinboden.

So fand uns Samuel vor. Unsere Hände streichelten gegenseitig über unsere Körper, während wir uns stumm über unsere Liebe unterhielten.

»Das Rudel wartet«, ermahnte er mich schließlich. »Es ist an der Zeit.«

Erst, als der Wald um uns herum dichter wurde und die Sicht auf unseren Berg versperrte, sank meine Stimmung.

Die Beklommenheit, die mit Yseult begonnen hatte, wurde mit jedem Schritt ausgeprägter, der mich von meiner Geliebten entfernte. Wulfgar fiel mein ernstes Schweigen auf.

»Was kannst du uns über das Rote Rudel sagen?«, fragte er im Versuch, mich von meinen Gedanken abzulenken und meine Aufmerksamkeit auf die bevorstehende Schlacht zu richten.

»Diese Wölfe sind schon seit den Römern hier, vielleicht noch länger. Einige haben als Gutsherren geherrscht, und wenngleich sie durch die Anbetung des Weißen Christen untertauchen mussten, halten sie sich für zivilisiert. Sie sind natürliche Werwölfe und können sich nach Belieben verwandeln.«

»Was ist der Unterschied zwischen ihnen und uns?«, fragte Fergus. Samuel hatte den Kümmerling des Rudels mitgeschickt, um etwas über Diplomatie zu lernen.

»Die meisten Werwölfe werden auf natürliche Weise von einer Werwölfin geboren. Berserker werden durch unreine Magie erschaffen.«

»Aber du bist nicht von einer Hexe verwandelt worden«, warf der junge Wolf ein.

»Richtig, Junge. Ich wurde von einer geboren. Meine Mutter war eine Hexe ähnlich Yseult. Allerdings nicht ganz so mächtig, deshalb konnte sie mich auf die Welt bringen. Die meisten Hexen sind unfruchtbar.« Ich verstummte kurz und fragte mich, ob Brennas Magie es ihr ermöglichte, Kinder zu gebären. Das erschien zu viel, um in diesem Leben darauf zu hoffen – eine Gefährtin, die uns eine Familie schenken könnte. »Meine Mutter hat sich in meinen Vater verliebt und ihm einen Sohn geboren. Aye, ich kann mich verwandeln, aber die Magie meiner Mutter fügt dem einen Makel hinzu, der zur Berserker-Raserei führt.«

»Hexen und Wölfe passen nicht zueinander«, brummte Wulfgar. Er hatte sich von Yseult ferngehalten und dafür gesorgt, dass es ihm Fergus gleichgetan hatte. »Nichts für ungut, Beta.«

»Schon in Ordnung. Eigentlich hat die Absicht meiner Mutter darin bestanden, meinen Vater in die Falle zu locken, um ihn zu versklaven. Am Ende hat Liebe dafür gesorgt, dass stattdessen sie zu seiner Sklavin wurde und den Tod fand.«

Fergus schluckte. »Er hat sie getötet?«

»Nein. Sein Rudel.«

Ich beschleunigte die Schritte, und die Krieger folgten mir. Wir trugen Kleidung aus Hirschleder und Waffen. Die meisten Werwölfe verließen sich auf Zähne und Klauen. In ihrer Menschengestalt waren sie verwundbarer. Aber wir waren Berserker. Wir waren einst Menschen gewesen und durch unreine Magie verwandelt worden.

Während wir schnell reisten, mieden wir die Orte der Menschen.

Schließlich trafen wir am Versammlungsort ein, einem Tal zwischen einigen Hügelausläufern. Nebel erfüllte die schaurige Ebene. In der Mitte prangte nur ein Steinkreis. Als wir hinabstiegen, wurde die Luft schwieriger zu atmen, als würde der Schleier zwischen den Welten dünn.

»Sind sie das?«, fragte Fergus, als Gestalten aus den Schwaden auftauchten. »Sie sind kleiner als wir.«

Ich sah auf ihn hinab. Der Kleinste unseres Rudels war einen Kopf größer als die meisten der Schemen, die sich aus dem Nebel lösten. »Sie sehen wie gewöhnliche Menschen aus.«

»Gewöhnliche Menschen, natürliche Wölfe«, pflichtete ich ihm bei. »Sie leben in Harmonie mit der Erde und hassen Hexenmagie.«

Wir standen auf einer Seite des Hügels und warteten darauf, dass sich das Rote Rudel hinunter zum Kreis der Steine begab. Die Männer trugen ihre Clan-Farben, hatten wildes Haar und an die Stiefel geschnallte Messer.

Bei meiner letzten Begegnung mit diesen Hochland-Wölfen hatten sie versucht, mich umzubringen. Samuel war dazwischengegangen und hatte die ewige Verbindung zwischen uns geschaffen.

»Das war also dein Rudel, ja?«, fragte mich Wulfgar leise.

»Aye.« Ich setzte mich in Bewegung, doch er hob eine Hand.

»Lass mich.«

Ich nickte und hielt mich zurück. Sollten sie ruhig bis zum richtigen Moment denken, Wulfgar wäre unser Anführer. Wenn es nach mir gegangen wäre, würden wir uns überhaupt nicht mit ihnen wie mit Ebenbürtigen treffen. Während ich beobachtete, wie Wulfgar und die anderen in Richtung der aufrechten Steine schritten, wünschte ich inständig, ich könnte einen hinterhältigen Angriff auf das Rudel anführen, das meine Familie zerrissen hatte.

Samuel und ich hatten darüber gesprochen. Das Rote Rudel war schwächer als wir. Daher könnten wir diese Wölfe besiegen und ein für alle Mal loswerden. Nur bestünde dabei die Gefahr, die Bestie zu entfesseln.

Wulfgar und die anderen trafen an den aufrechten Steinen mit dem Roten Rudel zusammen. Ich schlich näher und dämpfte meine Macht, um nicht gespürt und durch die Energie als ein Alpha erkannt zu werden.

Fergus hatte recht. Nachdem ich Jahre bei den Berserkern verbracht hatte, kamen mir die Mitglieder des Roten Rudels geschrumpft vor, kleiner. Ich musterte die drei Anführer und gab mir keine Mühe, meinen kaltblütigen Tötungsinstinkt zu unterdrücken. Der rötliche Wolf in der

Mitte war der größte. Risse man ihm den Kopf mit einer beeindruckenden Demonstration von Stärke ab, würden die anderen auseinanderstieben.

Es wäre so einfach, flüsterte mein finsterster Teil. *Sie alle töten und ihre Frauen für das Rudel mitnehmen.*

Ha. Eine schöne Vorstellung. Aber Werwölfinnen wollten mit Berserkern nichts zu tun haben.

Ich richtete die Gedanken auf unsere Geliebte, die in der Badekammer auf mich wartete, wo der vom Wasser aufsteigende Dampf ihren Körper umhüllte. Das Bild beschäftigte meine Bestie, bis ich Wulfgar einem der Alphas des Roten Rudels antworten hörte.

»Samuel ist nicht hier. Aber es ist jemand hier, der für ihn spricht, jemand, den Samuel als Bruder ansieht. Ihre Gedanken sind eins, ihre Worte sind eins.« Wulfgar trat beiseite und ließ das Rote Rudel sehen, wie ich aus den Nebelschwaden in die kühle Luft schritt.

Meine Augen leuchteten golden. Die Bestie lauerte dicht unter der Oberfläche, als ich dem Rudel gegenübertrat, das meine Mutter getötet, meinen Vater vertrieben und mich zu steinigen versucht hatte. Ich war seither gewachsen, durch die Macht des Alphas stärker, schneller, stolzer geworden. Oder vielleicht fühlte ich mich auch nur durch die Akzeptanz meines Kriegerbruders und Rudels größer. Zudem hatte ich nun eine Frau, für die es sich zu kämpfen lohnte. Ich konnte mich meinen einstigen Peinigern stellen.

Schließlich kam ich nah genug, um ihr besorgtes Gemurmel zu hören.

»Halbblut«, spie einer des Roten Rudels hervor.

Ich knurrte eine Warnung, in die ebenso knurrend die anderen Berserker einstimmten. Das Rote Rudel wich zurück. Von ihnen waren doppelt so viele gekommen wie von uns – sie waren zahlreich ausgerückt, wohl im Versuch, von einem Angriff abzuschrecken. Meine Lippen zogen sich zurück. Selbst tausend Soldaten könnten nicht gegen Berserker bestehen, wenn wir zu kämpfen entschieden.

»Ich schmecke deine Angst, Wolf«, sagte ich. »Sprich schnell, bevor wir deines Gehabes überdrüssig werden und beschließen, dich auszuweiden.«

Einer der Anführer des Roten Rudels straffte die Schultern. »Es gibt ein anderes Rudel, eine Bedrohung für euch.«

»Du meinst wohl, eine Bedrohung für euch. Nichts bedroht einen Berserker.«

»Eine Bedrohung für uns beide. Denn immerhin: Was sollte das Rote Rudel davon abhalten, sich mit diesen neuen Berserkern zu verbünden, um euch auszulöschen?«

»Dass ihr die Köpfe gern auf den Schultern behalten möchtet.«

»Wir haben eine Möglichkeit, den Frieden zu bewahren.«

Ich verschränkte die Arme vor der Brust. Das würde mir nicht gefallen.

»Wir wissen, dass ihr eine Frau habt.«

Ich zuckte mit den Schultern. »Wir nehmen uns oft Dirnen zu unserem Vergnügen.«

»Aber auf diese Frau habt ihr Anspruch erhoben.« Der Anführer des Roten Rudels fuhr fort: »Angeblich ist sie mehr als bloß ein Dorfflittchen.«

Ich entsandte die Sinne durch die Rudelverbindungen und versetzte jeden Wolf in Alarmbereitschaft.

Woher wissen sie von ihr?, fragte ich Wulfgar. Der große Krieger schüttelte den Kopf, eine kaum merkliche Bewegung.

Keiner unserer Krieger hat geredet.

»Was spielt das für eine Rolle?«, heuchelte ich Unbekümmertheit.

»Wenn es eine Frau gibt, die … dem Makel entgegen-
wirkt, dann ist sie ein rares Gut.«

»Sie ist rar. Stark, wunderschön, gefügig. Willens, einen
Berserker-Prügel in sich aufzunehmen – im Gegensatz zu
euren Frauen«, fügte ich hinzu und lächelte eine der
Wölfinnen an. Ihre Gefährten schlossen die Ränge vor ihr
und versperrten mir den Blick auf sie. »Soll ich dieses
Ammenmärchen etwa glauben? Dass die Frau, die wir
haben, besondere Kräfte besitzt? Aye, sie lässt sich gut
vögeln, aber sie hat keine magische Scham. Wer hat euch
das erzählt?«

»Ich.«

Schon bevor ich mich umdrehte, um nachzusehen,
erkannte ich die Stimme. Auf der Anhöhe stand ein Mann.
Er war schlanker als bei unserer letzten Begegnung. Seine
Rippenknochen zeichneten sich deutlich unter der blau
tätowierten Haut ab.

Maddox.

Er bewegte sich ein paar Schritte den Hang herab, näher
jedoch kam er nicht. Hinter ihm tauchten einige Mitglieder
seines Rudels auf. Die meisten waren blond und kräftig,
hätten Brüder von Samuel oder Siebold sein können.
Eindeutig Wikinger.

»Ich habe ihren Berg besucht und von ihrem Geheimnis
erfahren. Deshalb wollten sie mich dem Tod überlassen.«
Er lächelte freudlos. »Gut, dass es nicht einfach ist, einen
Berserker zu töten.«

»Wir wollen in Frieden leben. Wenn es eine Frau gibt,
die in der Lage ist, die Bestie zu heilen …«

Ich knurrte ablehnend.

»… dann müsst ihr sie teilen.«

»Niemals. Wir haben Anspruch auf sie erhoben. Sie
gehört uns.«

»Ist sie eure wahre Gefährtin?«, fragte Maddox und legte den Kopf schief. Seine Worte entsprachen beinah jenen Yseults. Ich fragte mich, ob sie dabei die Hand im Spiel hatte.

»Sie ist mit uns verbunden«, log ich. »Wenn sie uns verlässt, stirbt sie.«

»Unmöglich. Kein Mensch kann eine Verbindung mit einem Wolf eingehen«, meldete sich der Anführer des Roten Rudels zu Wort.

Als er wiederholte, was ich selbst mir so lange eingeredet hatte, wurde mir klar, dass es nicht stimmte. Brenna war besonders. Sie war menschlich und besaß Fähigkeiten, über die wir nur Vermutungen anstellen konnten. Zum ersten Mal hatte ich das Gefühl, dass sich vor mir Möglichkeiten ausbreiteten wie eine offene Straße.

»Wenn sie sich noch nicht mit euch gepaart hat«, meinte der Anführer des Roten Rudels, »wird sie eine Trennung überleben.«

Ich widmete die volle Aufmerksamkeit den sich entwickelnden Problemen. Dann spürte ich, wie sich der Wind drehte.

Daegan. Jemand rief nach mir. Nicht Samuel, kein Mitglied des Rudels, sondern eine sanftere Stimme, die ich nicht kannte. Ich schaute zu Maddox und seinen Berserker-Begleitern und spürte, wie sich meine Beklommenheit steigerte.

»Ihr werdet sie uns niemals wegnehmen«, erklärte ich, als die Stimme erneut meinen Namen rief, diesmal panisch.

Daegan!

Maddox lächelte, und ich verstand nicht, weshalb. Was hatte er getan?

»Sie gehört uns. Sucht euch eine andere, die eure Bedürfnisse befriedigt«, sagte ich zu ihm.

»Die Entscheidung liegt nicht bei dir«, entgegnete der Anführer des Roten Rudels. »Wir stimmen darüber ab. Und eure Stimmen werden in der Unterzahl sein, Berserker.«

Ich knurrte. Die Krieger hinter mir taten es mir gleich. Dann spürte ich die Umklammerung meiner Bestie, und diesmal begrüßte ich sie. Irgendetwas ging vor sich, etwas, das ich nicht verstehen konnte ... noch nicht. »Stimmt ab, so viel ihr wollt. Wir werden unseren Anspruch mit Zähnen und Klauen verteidigen. Wollt ihr wirklich mit eurem vergossenen Blut abstimmen?«

Maddox' Berserker knurrten uns entgegen. Die Mitglieder des Roten Rudels wirkten zunehmend unbehaglicher, zumal sie zwischen zwei Kontingenten wütender Berserker festsaßen.

»Ihr wollt einen Kampf? Den könnt ihr haben«, fauchte Maddox. »Wir werden um unsere Beute kämpfen.«

»Ihr werdet sie nie bekommen.« Ich verlor allmählich den Halt um die Bestie und glitt nach und nach in den Berserker-Blutrausch. Meine Sicht verschwamm rot.

Wulfgars Hand schloss sich um meinen Arm. *Beta. Irgendetwas stimmt nicht.*

Ich wusste, dass er recht hatte. Maddox und seine Krieger warteten darauf, dass wir angriffen. Sie warteten ...

Jäh sprang ich zurück und preschte los, als würde ich den Rückzug antreten. Plötzlich ergab alles einen Sinn. Die Einladung zum Thing, Maddox, der auf dem Berg herumgeschnüffelt hatte, seine Einkerkerung und seine Flucht. Es war vom ersten Augenblick an so geplant gewesen. Maddox war als Spion geschickt worden, um die Gerüchte über unsere Geheimnisse zu bestätigen. Dieses Treffen diente als Ablenkung und sollte unsere stärksten Krieger von der verwundbaren Mitte abziehen, von der einen Person, die wir zu beschützen und zu verstecken versuchten.

Zurück, zurück!, befahl ich. *Zum Berg. Samuel wird angegriffen.*

Die Bäume verschwammen um mich herum, während ich rannte. Die Bestie kam über mich, und ich ließ es zu, nutzte ihre übermenschliche Kraft, um die Schritte zu beschleunigen. Vor mir blitzte rotes Fell auf – Fergus, der an der Spitze des Rudels rannte. Der kleine Wolf war der Schnellste von uns.

Plötzlich näherte sich eine andere Gestalt – etwas Blaues blitzte zu meiner Rechten auf. Maddox.

»Wenn wir sie nicht alle haben können, dann niemand.«

Ich schlug nach ihm, wurde jedoch für ihn nicht langsamer. Wenn er versuchte, mich aufzuhalten, würde ich ihm die Gliedmaßen ausreißen, ohne ins Schwitzen zu geraten.

Dumm, so dumm. Ich hätte die Versammlung beim ersten Anblick von Maddox verlassen sollen. Nun konnte ich nur noch beten, dass es nicht zu spät sein würde.

Als ich mich unserem Zuhause näherte, wurden die Stimmen in den Rudelverbindungen stärker.

Eine Welle von Berserkern stürmt den Berg. Aus Süden. Die Wachen wurden überrumpelt. Der Hauptweg ist versperrt.

Samuel, ich bin hier. Ich übermittelte die Botschaft über unsere persönliche Verbindung.

Daeyun, was ist passiert?

Ragnvald hat das von langer Hand geplant. Das Thing war eine Falle. Wo bist du?

Wir fliehen gerade durch einen Nebengang aus dem Berg. Brenna ist bei mir – sie ist in Sicherheit.

Darüber verspürte ich Erleichterung.

Bleibt versteckt. Wir sind bis Sonnenuntergang da.

Ich beschleunigte erneut, und das Rudel reagierte. Die Berserker-Raserei setzte ein, verstärkte unser Gespür füreinander sowie unser Verlangen nach Gewalt. Am Horizont ragte der Berg auf. Schmerz schoss durch meine Glieder, nicht vor Anstrengung, sondern durch die Rudelverbindungen. Unsere Kriegerbrüder kämpften und starben. Ich entsandte die Sinne zu Wulfgar.

Teilt euch in zwei Gruppen auf. Eine Gruppe nähert sich den Angreifern von der Seite. Die andere wehrt unsere Verfolger ab.

Als wir uns dem Berg näherten, spürte ich, wie er die Anweisung befolgte. Fergus, ich und zwei andere Wölfe stürmten weiter, während Wulfgar und der Rest anhielten, um uns den Rücken zu decken. Der kleine rote Wolf rannte vor mir, ließ in seiner zornigen Tiergestalt Erde vom Boden aufspritzen. Ich folgte ihm bis hinein in unser Gebiet, dann überholte ich ihn am Fuß des Bergs.

Den ersten von Ragnvalds Männern ereilte der Tod, noch bevor er mich überhaupt sah. Der riesige blonde Schädel rollte an mir vorbei, als ich mich umdrehte und mit bluttriefenden Klauen die Männer auf dem Hauptweg hinauf zur Höhle angriff. Nach dem Geheul hinter mir zu urteilen, kämpften Wulfgar und der Rest ihre eigenen Schlachten.

Samuel? Wo?

Während die Bestie in mir Berserker-Fleisch zerfetzte, versuchte ich, den Alpha zu erreichen. Nachdem ich mich jahrelang zurückgehalten und so getan hatte, als wäre ich bloß ein Mensch, empfand ich es als Erleichterung, dem Monster freien Lauf zu lassen. Der Feind war zwar stark, aber langsam, als wäre er irgendwie benommen. Ich fragte mich, wie nah Ragnvalds Leute dem Wahnsinn sein mochten und ob sich ihr Alpha hier aufhielt. Maddox hatte recht – Ragnvald musste verzweifelt und verrückt sein, um uns hier anzugreifen.

Ich bin hier. Samuel übermittelte mir das Bild des

Tunnels, der Brenna und ihn zum Fuß des Bergs führen würde.

Bleibt dort. Wir wehren sie ab.

Daegan, presste er hervor und sandte mir weiter Bilder, eine zu schnelle Abfolge, um alle zu sehen. Ragnvalds Berserker, die angriffen, Samuel, der Brenna durch die Gänge der Höhle wegbrachte. Die Bestie in ihm wollte hervorbrechen, um sich der Bedrohung anzunehmen. Seine Sicht verfärbte sich allmählich rot.

Bleibt versteckt, schickte ich ihm mein panisches Flehen. Weitere von Ragnvalds Berserkern strömten den Berg herab und kämpften gegen mich. Ich duckte mich und begegnete Schlägen, wehrte sie ab und teilte eigene aus. Kreuz und quer über meine Haut verliefen etliche Schnitte, doch ich spürte nichts, höchstens dann, wenn ich einen weiteren Feind erledigte und nach mehr gierte.

Wir sind am Eingang des Tunnels. Samuel schickte mir das Bild. *Brenna ist in Sicherheit.*

Versuch nicht zu kämpfen, Alpha. Sonst entfesselst du die Bestie.

Etwas Blaues raste an mir vorbei, und ich entledigte mich des geifernden Monsters vor mir, um der Erscheinung zu folgen. Maddox war der gefährlichste unserer Feinde, weil er voller List und Tücke steckte. Hinter mir fielen weitere von Ragnvalds Berserkern unseren Kriegern zum Opfer. Nur jene entkamen, die sich abwandten und hinter ihrem tätowierten Beta her rannten.

Ich verfolgte sie und umrundete den Berg mit der Absicht, Maddox zu fangen, bis mir klar wurde, wohin er steuerte. Die Grube.

»Samuel!« Maddox' Schrei erschütterte den Berg. »Komm und stell dich mir. Du Feigling – wolltest mich einfach verrecken lassen. Stell dich mir wie ein Krieger.«

Nicht, Samuel! Ich spürte, wie die Bestie in meinem Alpha ihren Monsterschädel aufbäumte. Es war zu spät. In der Hitze des Gefechts antwortete die Bestie auf die Herausforderung. Die Gegenwart unserer Feinde, die Schlacht vor unserer Haustür, die Bedrohung für unsere Geliebte – zusammen war es zu viel für Samuels beeindruckende Kontrolle. Sein Blutrausch fegte tosend durch ihn und durch das gesamte Rudel. Bevor mich die Vernunft verlassen konnte, übermittelte ich eine letzte, verzweifelte Botschaft. *Verschwinde, Brenna, lauf!*

Wieder erschütterte Gebrüll den Berg. Jäh bremste Maddox ab. Seine Krieger hielten mit ihm an. Ich stürmte in der Hoffnung auf ihn zu, die Klauen in sein Fleisch zu schlagen. Er wirbelte mit einem verrückten Leuchten in den Augen herum.

»Es ist vorbei, Beta. Ihr verliert.«

Bevor ich ihn berühren konnte, wich er aus. Ich hielt inne, weigerte mich, nachzusetzen. Brenna befand sich mit dem tobenden Samuel im Tunnel. Ich musste sie beschützen.

Bevor ich zu ihr rasen konnte, ertönte erneut von Magie verunreinigtes Gebrüll. Schaudernd ließ ich mich flach auf den Bauch fallen. Die Bestie in mir wehrte sich, versuchte wild, sich meiner Kontrolle zu entziehen. Besudelte Magie strömte über die Rudelverbindungen und überwältigte viele der Mitglieder. Ich spürte, wie sie der Magie erlagen und sich in geifernde Ungetüme verwandelten, deren einziger Gedanke blinde Zerstörungswut war.

An der Stelle erfuhr die Schlacht endgültig eine Wende – Maddox' Streiter zogen sich zurück oder verloren ihr Leben. Nicht alle konnten der tobenden Bestie, die früher Samuel gewesen war, schnell genug entkommen. Goldenes Fell bedeckte seinen unförmigen Körper. Seine Augen hingegen hatten sich durch den Blutrausch der Bestie rot verfärbt. Er schlachtete gerade ein paar sich verzweifelt wehrende Feinde ab.

Ich schleppte mich über das Gras, bis ich mich in den Tunnel schleichen konnte. Brenna saß darin zusammengekrümmt und zitterte am ganzen Leib.

»Ist schon gut, Liebes«, zischte ich, als sie vor mir zurückschrak. Ich wusste, dass ich wie ein Monster aussah, halb Mensch, halb Wolf. Aber die Bestie in mir hatte noch nicht ganz die Oberhand erlangt. Ich verschloss den Geist gegen den Wahnsinn, der über die Rudelverbindungen wirbelte. »Wir müssen weg. Es ist vorbei. Samuel hat die Herrschaft über sich verloren. Er wird toben, bis er tot ist.« Ich packte sie am Arm und zog sie hoch. Als ich sie hinaus auf die Lichtung trug, überlegte ich, wohin ich mit ihr fliehen sollte. Die Körper toter Berserker lagen noch dort, wo sie gestorben waren, und zeigten an, wo Samuel gewesen war. Brenna schnappte nach Luft und klammerte sich an mir fest.

Wir hatten es fast zum Wald geschafft, als uns ein Windstoß erfasste, in dem der Gestank von Blut und verunreinigter Magie mitschwang.

»Lauf, Mädchen!«, rief ich, stieß Brenna vorwärts und drehte mich dem entstellten Samuel zu. Seine von Fell überzogenen Arme endeten mit Klauen der Größe von Messern. Er brüllte eine Herausforderung, und ich rannte los, weg von Brenna, um ihn in eine andere Richtung zu locken.

Es funktionierte. Das Monster, das einst Samuel gewesen war, folgte mir, schlug die Klauen in seiner Hast, mich zu fangen, tief in die Erde. Ich täuschte erst in eine Richtung an, dann in eine andere, und hoffte, die Bestie dazu zu verleiten, mich zu jagen.

Meine Bemühungen schürten die rasende Wut der Bestie nur zusätzlich. Als ich das nächste Mal wegpreschte, sprang Samuel los und erwischte mich. Ich brüllte vor Schmerz. Meine eigene Bestie bäumte sich auf, meine Welt wurde rot. Aber ich durfte ihr ihr nicht erliegen. Sonst wäre Brenna allein.

»Samuel, bitte!«, rief ich der Kreatur zu, die einst mein Freund gewesen war, mein Kriegerbruder. In den wilden Augen blitzte kein Erkennen auf.

Dann hörte ich hinter mir ein leises, verängstigtes Geräusch und wirbelte herum. »Brenna, nein!«

Samuels Bestie raste auf die Frau zu. Sie hatte sich ungeschützt und verwundbar auf die Lichtung herausgewagt. Ich fluchte, während ich rannte, und brüllte ihr zu, sich zu verstecken. Sie rührte sich nicht von der Stelle, als die Bestie auf sie zustürmte ... und wenige Schritte vor ihr im Boden verschwand. Die gewitzte, tollkühne Frau hatte die Öffnung der Grube mit Zweigen und Blättern bedeckt. Die Bestie hatte es nicht bemerkt, bis das Geflecht unter ihrem Gewicht eingebrochen war.

Samuel fiel und krallte brüllend an den Seiten der Grube. Die Lichtung erzitterte, als er aufschlug – die Kraft der Gedanken peitschte durch die Bäume wie ein Sturmwind.

Ich raste zu Brenna. »Verdammt noch mal, du dummes Frauenzimmer – du hättest getötet werden können.« Ich riss sie an mich und küsste ihr Haar. Samuels Bestie scharrte am Boden der Grube und stimmte ein klägliches Gebrüll an. Zögerlich zog ich Brenna weg. »Komm, Liebes, wir müssen verschwinden.«

Nach wenigen Schritten setzte sich Brenna zur Wehr und zog an meinem Arm, bis ich stehen blieb und mich umdrehte. Mir brach das Herz beim Gedanken daran, meinen Freund, meinen einstigen Alpha zum Sterben wie eine Ratte in der Falle zurückzulassen, aber ich wusste, es war am besten so. Brenna drehte mir das wunderschöne, aber sture Gesicht zu. Ihre Hände fuchtelten, als sie ihre Worte mit Gesten bildete.

Samuel, gefangen.

»Es tut mir leid. Wir müssen ihn zurücklassen.«

Die Grube. Rette ihn.

»Hör mir zu.« Ich nahm ihr Gesicht in beide Hände. »Die Bestie hat ihn jetzt in ihren Klauen. Selbst wenn wir ihn herausziehen könnten, er würde nicht überleben. Er würde uns umbringen und trotzdem sterben. Samuel ist weg.«

Nein. Sie fuchtelte weiter. *Rette ihn.*

»Wir können ihn nicht retten. Glaubst du nicht, ich würde es tun, wenn ich könnte?«

Sie ließ die Hände sinken. Ich ergriff ihren Arm, um sie wegzuziehen. Stumm kämpfte sie gegen mich, trat mich und wand sich, bis ich sie nach unten ins Gras zog. Natürlich hätte ich sie mühelos wegtragen können, aber meine eigene Bestie lauerte dicht unter der Oberfläche, und ich wollte sie nicht hervorbrechen lassen, weil sie Brenna verletzen würde. Ich umklammerte ihre Handgelenke so fest, dass es schmerzen musste – sie zuckte zusammen. Knurrend sagte ich: »Wir müssen jetzt gehen. Und dürfen nie zurückkehren.«

Nein. Nein.

»Es tut mir leid. Weine um ihn, wenn wir weit weg sind und du in Sicherheit bist.«

Lass mich los. Sie sprach mit den Händen.

»Was hast du vor? Willst du hier vergehen, während du um ihn weinst? Er war auch mein Freund. Wir ehren ihn, indem wir verschwinden und unser Leben weiterführen.«

Ich wartete, bis sie nickte. Tränen schimmerten in ihren Augen. Meine Finger schlangen sich erneut um ihr Handgelenk, als wir uns mit dem Rücken zur Grube erhoben.

Dann unterlief mir ein Fehler. Sobald ich den Griff lockerte, entriss mir Brenna ihren Arm.

»Nicht, Liebes – Nein!«, rief ich hinter ihr her, jedoch zu spät. Sie raste mir davon, hielt am Rand der dunklen Grube kurz inne und ließ sich dann fallen. Ohne abzubremsen, sprang ich hinter ihr her.

Wir fielen zusammen in die Dunkelheit. Im Fallen schlang ich die Arme um sie und wickelte mich so um sie, dass ich vor ihr auf dem Boden aufschlagen würde. Wurzeln und Steine schürften mir die Haut auf, und die Wucht der Landung presste mir die Luft aus der Lunge, aber Brenna kam auf mir zum Liegen. Wir rollten zusammen über den Boden, und ich umklammerte sie, bemühte mich bestmöglich, sie abzuschirmen. Zwar spürte ich, wie einige meiner Knochen brachen, aber mit dem Schmerz brandete Magie durch mich und heilte sowohl die Brüche als auch meine sonstigen Wunden. Zuckend und atemlos vor Qualen lag ich da, drückte mir das Gewicht meiner Frau an den geschundenen Leib und betete, dass sie nicht verletzt sein würde.

Meine Gebete wurden erhöht, als sich Brenna rührte. Sie stand auf und schirmte die Augen gegen einen hereinfallenden Sonnenstrahl ab. Das Licht umrahmte ihre wunderschöne Gestalt. Durch den Sturz wirkte sie zwar benommen, doch sie schien unversehrt zu sein. *Stärker, als sie aussieht*, hatte Samuel einmal gesagt.

Bei dem Gedanken erinnerte ich mich an ihn. Brenna bewegte sich auf die tiefen Schatten auf der anderen Seite der Grube zu. Ich legte die Finger um ihr Fußgelenk, um sie davon abzuhalten, zu ihm zu gehen.

»Nicht, Liebes. Das ist zu gefährlich.«

Brenna kniete sich hin und untersuchte meinen Körper. Als ihr Haar meine nackte Brust streifte, regte sich mein bestes Stück, als wären wir zu Hause in unseren Gemächern, auf der Liegestatt, nicht in einer gottverdammten Grube, die wir ausgehoben hatten, um einen wahnsinnigen Alpha festzuhalten.

Die Grube strotzte vor Magie. Sie herrschte dicht wie Nebel vor und wirbelte durch meine Gedanken, beraubte mich jeglicher Vernunft. Allerdings brauchte ich meinen Verstand, um gegen meine eigene Bestie und die von Samuel anzukämpfen und meine Geliebte zu beschützen, so lange ich konnte.

»Warum hast du das getan, Liebes?«, brachte ich atemlos hervor, während die Magie meine gebrochenen Rippen und mein angeknacktes Rückgrat heilte.

Ich gehöre euch. Ihre Hände bildeten ein Zeichen. *Für immer.*

Sie richtete sich wieder auf, entzog sich meinem Griff und trat in den dicken Lichtstrahl, der unsere letzte verbliebene Verbindung zur Außenwelt darstellte.

Jäh erstarrte sie, als Samuel ein Knurren vernehmen ließ. Das Geräusch hallte in den beengten Verhältnissen wider. Mir sträubten sich die Haare. Mit qualvoll verzogenem Gesicht stemmte ich mich auf die Seite hoch.

Bitte, Samuel. Ich wollte meinen früheren Alpha über unsere Bruderverbindung anflehen, aber die Leitung zu seinem Geist erwies sich als gekappt. Die zerfransten Enden der einst so tröstlichen Nähe fühlten sich schmerzhaft an. Samuel war weg, nur die Bestie verblieb.

Ich empfand es als Gnade, dass vermutlich auch er sich beim Sturz einiges gebrochen hatte. Jedenfalls dachte ich, dass er deshalb nicht sofort angriff.

Ich nahm mir kurz Zeit, um mich in der irdenen Grube umzusehen, die unser Grab werden würde. Vereinzelt ragten aus dem Erdreich die winzigen Schädel von Ratten und Wühlmäusen – jenen kleinen Geschöpfen, die der letzte Gefangene hier vermutlich zu sich gelockt hatte, um sie zu essen. Dann hielt ich Ausschau nach Siebolds Speeren, konnte sie jedoch nirgends entdecken. Wahrscheinlich war Maddox so entkommen – indem er dank seiner Berserker-Kraft die Speere einen nach dem anderen in die Wände der Grube gerammt und sich nach oben gehangelt hatte. Ich erübrigte einen Moment, um Siebold in Gedanken zu verfluchen.

Maddox hatte den Boden der Grube außerdem geweitet, in dem er um den Rand einen Graben ins Erdreich gescharrt hatte. Dort lauerte Samuel, eine Bestie aus Schatten und Magie. Nur jener schmale Streifen Sonnenlicht wagte sich so tief in die Erde herunter.

Wahrscheinlich war es am besten, dass wir drei zusammen gefangen waren, wenngleich Brenna ihrem vorgereckten Kinn nach nicht vorhatte, hier zu sterben. Tatsächlich stand sie in dem Lichtkreis und starrte in die Richtung der in der Dunkelheit kauernden Bestie.

Als sie sich erneut in die Richtung meines ehemaligen Alphas in Bewegung setzte, ertönte ein weiteres Knurren, und ich fand genug Kraft, um mich aufzurappeln und zwischen Brenna und den wahnsinnigen früheren Anführer des Rudels zu wanken.

»Samuel. Wir sind hier, Bruder.«

Sein Gebrüll schlug mir mit einem Schwall Magie entgegen. Ich fiel auf die Knie und kämpfte gegen die Verwandlung an, als meine Bestie vorwärtsdrängte. Einen flüchtigen Moment lang fragte ich mich, wie es dem Rudel ergangen sein mochte. Waren die anderen geflüchtet, geführt von Wulfgars Stärke und Besonnenheit? Genügte seine Alpha-Gegenwart, um sie vor dem Wahnsinn zu bewahren? Meine Gedanken lösten sich auf, als der rote Schleier der Bestie meine Sicht eroberte. Ich sah, wie Brennas blasse Gestalt an meinem Ellbogen flimmerte. Hinter ihr nahm ich den dunklen Fleck von Samuels blut-farbiger Aura wahr.

Kühle Hände berührten meine Haut, und ich kam wieder zu mir.

»Samuel«, presste ich erstickt hervor, »sie ist hier. Unsere Gefährtin ist hier. Sie wollte dich nicht verlassen.« Denn sie war tatsächlich unsere Gefährtin. Weder Mensch noch Wolf konnte das leugnen. »Vielleicht kannst du für sie gegen die Bestie ankämpfen. Für unsere *Gefährtin*.«

Ein weiteres Knurren, ein wilder Laut. Die Bestie kannte keine Gefährtin.

Ich drückte mir Brenna an die Brust und fragte mich, wie schnell wir sterben würden.

Plötzlich jedoch hörte ich ein Geräusch wie ein Echo, eine süße Stimme. Sie stammte von sehr weit her, ein Widerhall in meinem Geist. Eine Frau, die Samuels Namen rief. Kein hörbarer Ton, nur eine im Geiste zum Ausdruck gebrachte Sehnsucht. Ein Wiegenlied von Verlust und Erlö-sung, eine Einladung, nach Hause zurückzukehren. Beinah konnte ich sie sehen wie einen silbrigen Strang, der von dort ausging, wo wir standen, und sich in die Dunkelheit erstreckte, wo Samuel beschämt kauerte.

Komm heraus, Samuel, summte das Lied. *Komm ins Licht.*

Mein Halt um unsere Frau wurde schwächer, bis sie meine Arme verließ und vorwärtsging. Brenna schien die Einzige zu sein, auf die sich die gespenstische Musik nicht auswirkte.

Samuels Bestie brüllte erneut.

Ich fiel auf die Knie und kämpfte gegen die Verwandlung an. Genau das hatte ich befürchtet – dass unsere
zerbrechliche Geliebte zwischen zwei bösartigen Kreaturen
gefangen sein würde. Aber ich war machtlos gegen den Ruf
meines früheren Alphas. Meine Hände verwandelten sich
in Klauen. Mein Rücken wölbte sich durch, meine Wirbel
knackten, als die Verwandlung über mich kam. Schmerz
durchzuckte mich, begleitet von einem Energieschub, der es
mir ermöglichen würde zu töten.

Es würde so einfach sein, alles zu beenden und Brenna
von dem Elend zu erlösen, von zwei brünstigen Bestien
begattet zu werden. So würde es besser sein und schneller
gehen, nur ein kurzes Brechen eines anfälligen Genicks.

Nein, Brenna ... Unsere Gefährtin. Ich kämpfte darum,
mich an sie zu erinnern, an ihre süße, weiche Haut, an ihr
Seufzen im Schlaf, während sie zwischen uns lag.

Komm heraus, mein Geliebter, komm ins Licht.

Als sich die Bestie in mir festsetzte, passten sich meine
Augen an die Dunkelheit an. Ich sah meine Geliebte und
hinter ihr Samuel, der sich in den Schatten krümmte. Die
Magie verzehrte ihn bei lebendigem Leib. Er war verletzt,
versteckte sich. Seine Wildheit entsprang nur dem
Täuschungsverhalten eines verwundeten Tiers. Ich schnupperte die Luft und witterte seine Schwäche. Angst. Sehnsucht. Wie ein Welpe, den es nach der Mutter verlangt. Wie
ein alter Mann, der sich ewige Ruhe wünscht.

Meine Finger legten sich um den Griff meines Sachs –
ein langes, verheerendes Messer. Mit einem Grunzen warf
ich es zu Brenna. Sie blickte darauf hinab. Das silbrige
Summen des Lieds endete nicht.

Am liebsten hätte ich mich hingelegt und wäre zu den
wunderschönen Klängen gestorben.

Brenna würde in Sicherheit sein, wenn ich tot wäre. Sie

hatte den Sachs, konnte Samuel damit töten. Es wäre so einfach.

»Brenna«, stieß ich mit rauer Stimme hervor. Es klang mehr wie ein Knurren. »Töte ... ihn ...«

Brenna achtete nicht auf das riesige Messer zu ihren Füßen. Stattdessen trat sie einen Schritt vor.

Sie kniete sich hin und sah Samuel an. Ihr Kopf neigte sich. Sie bot ihm ihren Hals dar, eine Geste der Unterwerfung, die wir ihr eingebläut hatten.

Während ich sie beobachtete, schwappte Selbsthass über mir zusammen. Wir hatten sie zu einem Spielzeug für uns gemacht. Wir hatten ihr beigebracht, zu knien, sich zu verneigen und zu betteln. Dabei hätten wir ihr beibringen sollen, wie man kämpft.

Sie streckte die Hand aus. Das magische Lied wurde stärker.

Ein Knurren in der Dunkelheit, ein neugieriger Laut.

Ich ließ den Kopf sinken und hätte mir am liebsten die eigenen Augen ausgekratzt, denn ich konnte es nicht ertragen, den Tod meiner Geliebten mit anzusehen. Vor meinem geistigen Auge sah ich sie weiterhin vor mir, eine Frau auf den Knien, die beide Arme nach einer Bestie aus Schatten und blanker Wut ausstreckte.

Als ich die Lider öffnete, hatte sich die Bestie, jene abscheuliche Kreatur zwischen einem Mann und einem Wolf, ins Licht bewegt. Brenna hingegen hatte sich nicht gerührt.

Samuel, Samuel, hallte die gespenstische Stimme wider. *Sei friedlich.*

Ich spürte eine Veränderung in meiner eigenen Bestie. Zwar beherrschte sie mich immer noch, aber sie erwies sich als ruhig, als kontrolliert. Meine Teile fügten sich durch makellose Magie zusammen, als hätte sich die giftige Verunreinigung verflüchtigt.

Samuel verwandelte sich wie ein Wolf durch den Befehl seines Alphas. Der Wolf schmiegte sich harmlos an Brennas Hand.

Manche Stärke geht von Äxten oder Schwertern aus, von Klauen und Zähnen. Oder von Magie.

Manche Stärke stammt von innen. Aus der Liebe einer Liebenden. Brenna sah die Bestie und ergriff nicht die Flucht, sondern stellte sich ihr. Wir hatten ihr gezeigt, wer wir in Wirklichkeit waren, und sie hatte es akzeptiert.

Ich rappelte mich auf der kühlen, trockenen Erde auf die Knie. Samuel verwandelte sich erneut, diesmal in einen Menschen. Die Bestie blickte zwar durch seine Augen, doch als er das Wort ergriff, war er ganz Samuel.

Er bückte sich und ergriff Brennas Kinn, die nach wie vor kniete. »Du hast uns erobert.«

12

***

Als der Mond über der dunklen Erde aufging, entsandte ich die Sinne zum Rudel und rief die Mitglieder von dort zurück, wohin sie sich verteilt hatten. Bis zum nächsten Morgen würden sie zurück sein, um Samuel, Brenna und mich aus der Grube zu retten. Diese Macht jedoch, diese eine magische Nacht, gehörte uns allein.

Brenna stand in Samuels Armen und streichelte sein Gesicht mit verwundertem Blick. Er zog sie an sich, und ich trat nah genug hin, um mich an ihren Rücken zu schmiegen. Sie seufzte und schauderte zwischen uns und unseren forschenden Händen. Wir konnten nicht aufhören, sie zu berühren, mit den Fingern über ihre glatte, unversehrte Haut zu streichen.

»Du bist nicht geflüchtet«, sagte Samuel ehrfürchtig. »Du bist nicht weggerannt.« Sie drückte die Wange in seine Handfläche.

Wir alle sanken zu Boden. Ich hielt Brenna in den Armen, als Samuel eine Klaue benutzte, um ihr Gewand vom Hals bis zu den Knien aufzuschlitzen. Als es sich teilte, entfesselte es ihren betörenden Duft. Sie neigte mir das Gesicht zu. Ich küsste sie und vermittelte ihr mein Verlangen durch den nachdrücklichen Sog meiner Lippen.

Sie verlagerte ihr Hinterteil auf meinen Schritt und rieb sich an mir, während sie die Arme nach Samuel ausstreckte. Geradezu verzweifeltes Verlangen erregte uns – ich spürte, wie die Lust über die Verbindung strömte, eine tosende Leidenschaft, eine Flut von Begierde.

Meine Finger tauchten in Brennas Poritze, während Samuel sich über sie beugte und den Mund auf ihre Scham stülpte. Ihre Beine erzitterten, als er sie verwöhnte. Als sie kurz vor dem Höhepunkt stand, hörte er auf.

Wir nehmen sie zusammen.

Ich nickte. Mein Finger schob sich in ihren Hintern und benutzte ihre üppig fließenden Säfte, um das Eindringen zu erleichtern. Wir würden sie vorne und hinten gleichzeitig beanspruchen, uns mit aller Leidenschaft in ihr versenken, bis sie verstand, dass sie für immer uns gehörte.

Wir würden sie niemals wieder gehen lassen.

»Aye. Es ist an der Zeit.«

Samuel legte sich hin und setzte unsere Geliebte auf seinen prallen Schaft. Langsam senkte sie sich auf ihn, geführt von seinen muskelbepackten Armen. Seine Züge wirkten angespannt, als er mir ein Zeichen gab.

»Jetzt.«

Ich beugte mich über sie und setzte die Spitze meines eigenen Schafts an ihrem hinteren Loch an. Ein Schauder durchlief Brenna, als ich in sie glitt.

»Sachte, Liebes.« Ich tätschelte ihren Rücken und ließ ihr einen Augenblick, um sich an mich zu gewöhnen. Sie erwies sich als eng, so unglaublich eng. Ich konnte Samuels Glied in ihrer triefenden Scheide fühlen, und als ich nach unten griff, um ihre Lustperle zu streicheln, da berührte ich auch ihn.

Brenna wölbte den Rücken durch, nahm mehr von mir auf. Samuel strich ihr das Haar aus dem Gesicht zurück.

»So gut«, ermutigte er sie. »Du bist ein Wunder.«

Ich steckte bis zum Anschlag im Hinterteil meiner Geliebten. Ich begann mit vorsichtigen, kurzen Stößen, damit sie sich an die Bewegungen gewöhnen konnte. Zuerst verkrampfte sie sich ein wenig, dann entspannte sie sich. Ich küsste ihre zarte Schulter.

»Du erfreust uns so sehr, Liebes.«

»Unser.« Samuel eroberte ihren Mund. »Für immer.«

Mit sanfte kreisenden Hüften setzte er sich unter ihr in Bewegung. Sie wogte zwischen uns vor und zurück, während der Atem in kurzen Stößen aus ihr drang. Samuel streichelte ihre Brüste, ich fingerte weiter ihren Kitzler. Das Blut rauschte durch meine Ohren. Die Gier der Bestie setzte ein und beschleunigte meine Bewegungen. Ich wischte Brenna das Haar von einer glatten, blassen Schulter und stülpte den Mund darauf. Meine Zähne schabten über ihre Haut.

Zeichnet sie. Die innere Bestie sprach zu mir, zu Samuel. *Macht sie endgültig zu der euren.*

Mit einem heiseren Aufschrei bäumte sich Samuel auf. Seine Hüften hämmerten in Brenna, als sich seine Zähne auf ihre andere Schulter senkten.

Fänge wuchsen in meinem Mund. Mein Kopf schnellte voll Verlangen nach vorn, meine Kiefer schlossen sich um Brennas Schulter. Die Bestie war unersättlich. Brennas Blut füllte meinen Mund aus.

Sie bäumte sich zwischen uns in einem Schwebezustand zwischen Ekstase und Schmerz auf. Mit einem Ruck kam ich in ihr, füllte ihr Hinterteil mit meinem Samen. Samuel folgte mit einem brüllenden Aufschrei.

Brennas Kopf rollte zurück, als sie nach dem eigenen Höhepunkt erschlaffte. Ich vergrub das Gesicht in ihrem Haar, mit dem Geschmack ihres süßen Blutes im Mund. Die Bestie heulte zufrieden, als ich mich hinlegte und einschlief.

WIR ERWACHTEN als verheddertes Gewirr von Gliedmaßen. Brenna lag zwischen uns.

Ich entsandte die Sinne über die Bruderverbindung zu Samuel. Das geistige Band erstreckte sich so stark und sicher wie eh und je zwischen uns.

Was ist passiert?

Die Bestie hat die Herrschaft übernommen. Brenna hat trotzdem überlebt.

Meine Erinnerung kehrte zurück. Plötzlich überkam mich Panik, und ich schob Brennas Haar beiseite, um nachzusehen, mit was für Wunden wir sie gezeichnet hatten. Samuel tat es mir gleich, und wir berührten beide erstaunt die unversehrte Haut ihrer Schultern.

»Was für eine Magie ist das?«

Statt einer blutigen Wunde waren von unseren Anspruchsbissen nur zwei sauber verheilte Einstiche zurückgeblieben.

Samuel fuhr die Male auf ihrer rechten Schulter nach. »Paarungsbiss.«

»Das bedeutet ...« Die Stimme versagte mir den Dienst. Paarungslust, Paarungsbindung, Paarungsbiss.

Da erwachte Brenna, und wir wussten Bescheid, bevor sie uns die Augen öffnete. Sie war nun unsere Gefährtin, und

wir waren im Geiste mit ihr ebenso verbunden wie unterein-
ander. Als sie die Lider aufschlug, stellte sie fest, dass wir sie
von beiden Seiten beobachteten. Zuerst sah sie mich an,
lächelte und berührte mit einer Hand meine Lippen. Dann
drehte sie den Kopf dem Alpha zu und musterte seine löwen-
artigen Züge, als suchte sie darin nach Anzeichen auf Wahnsinn. Als sie keine entdeckte, wurde ihr Lächeln breiter.

Und dann hörten wir ihre zarte Stimme im Geist, so klar
und lieblich wie fröhliche Vogelgesänge in einer morgendlichen Brise.

Hallo, Samuel.

***

Die Berserker-Saga geht mit Entführt von den Berserkern
weiter.

KOSTENLOSES BUCH

Hol dir ein kostenloses Exemplar von Gezeugt von den Berserkern und Eine Berserker-Geburt, indem du dich für meinen Newsletter anmeldest.

Der dritte Teil von Daegans, Brennas und Samuels Geschichte. Lies den ersten Teil in Verkauft an die Berserker *und den zweiten in* Gepaart mit den Berserkern. *Diese Novelle ist kostenlos, ein Geschenk.*

https://BookHip.com/PKRMGC

DIE BERSERKER-SAGA

Verkauft an die Berserker
Gepaart mit den Berserkern
Entführt von den Berserkern
Übergeben an die Berserker
Gefordert von den Berserkern

EBENFALLS VON LEE SAVINO

DIE AUTORIN

Lee Savino ist *USA Today*-Bestsellerautorin. Außerdem ist sie Mutter und schokosüchtig. Sie hat eine ganze Reihe von Büchern geschrieben, die alle unter die Rubrik »smexy« Liebesgeschichten fallen. *Smexy* steht dabei für »smart und sexy«.

Sie hofft, dass euch dieses Buch gefallen hat.

Besucht sie unter:
www.leesavino.com

OHNE TITEL

Text Copyright © 2017 Lee Savino
Alle Rechte vorbehalten.
Kein Teil dieses Buches darf in irgendeiner Form oder
durch irgendwelche elektronischen oder mechanischen
Mittel ohne schriftliche Zustimmung der Autorin
reproduziert werden. Die einzige Ausnahme sind
Rezensenten, die in einer Kritik kurze Auszüge zitieren
dürfen.

Dieses Buch ist ein fiktives Werk. Namen, Charaktere, Orte
und Ereignisse entstammen entweder der Fantasie der
Autorin oder wurden fiktiv verwendet. Jede Ähnlichkeit mit
lebenden oder toten realen Personen, realen Ereignissen
oder realen Orten ist reiner Zufall.

www.ingramcontent.com/pod-product-compliance
Lightning Source LLC
Chambersburg PA
CBHW050136110726
47898CB00008B/2547